年轻人，你是否有很多问号

慕容素衣 著

长江文艺出版社
长江出版传媒

新出图证（鄂）字 03 号
图书在版编目（CIP）数据

年轻人，你是否有很多问号 / 慕容素衣著. -- 武汉：
长江文艺出版社，2020.7
ISBN 978-7-5702-1504-1

Ⅰ. ①年… Ⅱ. ①慕… Ⅲ. ①散文集—中国–当代
Ⅳ. ①I267

中国版本图书馆 CIP 数据核字（2020）第065586号

责任编辑：王　争　颜若寒　　　责任校对：韩　雨
封面设计：平平@pingmiu　　　责任印制：张　涛

出版：长江出版传媒　长江文艺出版社
地址：武汉市雄楚大街 268 号　　　邮编：430070
发行：长江文艺出版社
北京时代华语国际传媒股份有限公司　（电话：010–83670231）
http：//www.cjlap.com
印刷：唐山富达印务有限公司

开本：880毫米 ×1230 毫米　1/32　　　印张：8
版次：2020 年7月第1版　　　2020 年7月第1次印刷
字数：180千字

定价：39.80 元

㊀ 摇钱树，怎么种？

余生太短，要去大城市看一看……002

你不厌其烦的地方，就是你的天分所在……008

把时间浪费在喜欢的事物上………015

我不想做个时髦的斜杠青年……022

起点低不可怕，怕的是你不肯从低做起……028

不去纠结是否能成为高手，只把自己当成唯一对手……034

你有多自律，就有多自由……040

你来人间一趟，要活成自己喜欢的模样……046

如果人生和你想象的不一样，你有勇气重新启程吗？……052

㊁ 怎样摆脱穷忙人生？

像村上春树一样享受孤独……060

用力生活的女孩，才是真闪光少女……067

什么样的女人，才能活出精致感……073

爱笑的女生，桃花运总不会太差……080

太痛苦的话，不努力也没关系……085

快乐是一种心态，更是一种能力……091

人生苦短，千万别死磕短板……098

聪明人太多，糊涂一点又何妨……104

真正有气质的女人，从不炫耀……110

过分追求仪式感，正在毁掉你的生活……115

㊂ 仙女下凡间，该如何生活？

文艺是最低成本接近美好的方式……122
心存诗意，尘世即是天堂……129
年少时读的书，会塑造你的灵魂……135
没有人生能一劳永逸，也没有人能一瘦到底……142
世界这么大，去吃吃看吧……148
旅行太乏味？可能是你读书太少……155
我从不放弃行走的渴望，因为遥远的远方是故乡……161
每当我对人生厌倦时，就会想起张国荣……167
有个会拍照的男朋友，是什么体验？……175
人间烟火气，最抚凡人心……182

㊃ 长得太好看，如何与人相处？

为什么你处处讨好别人，还是没办法人见人爱？……190

别为不喜欢你的人伤神，对喜欢你的人不公平……195

与其羡慕别人，不如花点力气让自己变优秀……202

我所喜欢的姑娘们，心里都住着个侠女……208

孩子，多么希望你有一天能过上普通人的生活
——给瓜瓜的一封信……214

最好的友情：各自忙乱，互相牵挂……221

爱过你，我变成了更好的自己……228

青春无限好，恋爱要趁早……238

后记

写在生日这天：永远别成为自己讨厌的那种人……244

壹

摇钱树，怎么种？

余生太短，要去大城市看一看

大约十年前，我毕业后到一家报社做记者，那时候，纸媒正好回光返照，算是赶上了最后的黄金时代。记者那时还是人人艳羡的工作，号称“无冕之王”，走出去只要把记者证掏出来，谁都要高看一眼。

大报的记者通常都是横着走的，待遇也相对优厚，在十年前，我的硕士同学们大多薪水不过五六千，而我去的头一年收入就突破了十万，我一个同学曾羡慕地对我说：“真想有一天，我也能体会到年薪十万的滋味！”她毕业后去了北京做图书编辑，底薪仅仅只有三千五。可能正因如此，我们那家报社还吸引了不少人才，和我一起进来的不乏北大、复旦的高才生。

我所在的报社位于珠三角，虽然不是广州深圳这种一线城市，但好歹毗邻港澳，得天时地利，经济能排进广东前六。唯一的不足是城市小了点，打车从城东到城西，算上等红绿灯的时间也不过半小时。但小也有小的好处，那就是节奏缓慢，生活悠闲，房价又低，我刚毕业时一个月工资就能买两三平方米。所以生活在这里的人基本没什么生活压力，早上九点前很少有店铺开门，路上走路的人都慢悠悠的，我刚来这里还挺不习惯的，常和同事开玩笑说，这算是提前三十年就过上了养老生活。

说虽这么说，如果不是那次采访，我可能还一直陶醉在这种悠闲的小城生活中，浑然不知此外别有天地。老实说那时我并不羡慕那些去大城市闯荡的同学，两相对比，我工作一年就贷款买房了（虽然只是个二手房），她们不是和别人合租，就是住地下室，我随便去城中哪里采访半小时就到了，她们却得花一两个小时在通勤上，通常我和同事们吃夜宵时，她们还在辛苦地加着班。

我至今还清楚地记得，那一天，我入行刚刚一年半，算是新人中被重点培养的苗子，于是领导派我去采访某个到访的大人物。去之前我特意百度了一下来访者的资料，知道他曾经做过外交部发言人，还担任过驻法大使。这些头衔并不足以让我拜服，因为入行以来，我也算稍稍见过世面了，访问过不少咖位并不逊于他的人物。

于是我抱着平常心出发了，那天是群访，大概来了七八家同城媒体，都是一水的年轻面孔，做媒体这行，吃的正是青春饭。

一伙年轻人团团围住了前驻法大使，他看上去的确仪表堂堂，气度非凡。大家七嘴八舌地问了些问题，大多是些很套路的问题，比如如何看待中法关系之类的，他倒是很有耐心地回答了，还问起我们分别是从哪所大学毕业的。

有个记者问到他如何看待我们所在的这座小城，出乎意料的是，他没有像其他嘉宾那样赞不绝口，反而停了几秒钟，反问他说：“你刚刚说自己是复旦毕业的，为什么不留在上海，反而来了这个小地方？”那个记者完全没预料到他会这么问，一时怔住了，半晌才挤出一句：“这里挺好的，上海压力太大了。”

前驻法大使一直满脸和煦的笑容，听了这个答案后忽然收敛了笑容，表情变得严肃起来，他极具威严的目光在我们身上一一扫过，认真地说：“你们这些年轻人啊，都是十分优秀的年轻人，为什么不去大城市呢？大城市压力是大，可机会也多啊，你们要想成就一番事业的话，非去大城市不可，大城市也需要你们。年轻人，你们和大城市将会互相成就！”

我入行以来，还从未听过采访对象说过如此掏心窝子的话，一时被他的威仪和真诚震慑住了。其他同行想必和我的感受一样，大家都不敢说话，也不知道说什么好，当他的目光从我脸上扫过时，我的脸顿时变得火辣辣的。他的那番话，说轻了是惋惜，往重了说是痛心疾首也不为过。他就像一个耿直的长者，见不得他的后辈们虚度光阴，有句潜台词他没说出口，但稍微有点上进心的人都听懂了，那就是“待在这种小地方就是浪费生命”。

这无异于当头棒喝，我们中的好几个人都被这一棒子话砸得羞愧难当。当天的采访内容我已经基本不记得了，唯一记得的就是他的这句追问“年轻人，你为什么不去大城市？”

那天群访结束后大家都有点沉默，可能都被戳到了痛处。我往回走时，背后有人叫住了我，一个刚入行不久的女孩子追了上来，急切地对我说：“要不，我们一起去北京吧？”我愣住了，她又加了一句：“或者，去考个托福也挺好的！”那一刻，我才发现，原来她和我一样，对现有的小城生活并不满意，向往着更远更大的地方。身为一个年轻人，尤其是颇有几分才华又自命不凡的年轻人，小城市当然容纳不了我们的野心。

后来，这个女孩子开始苦读英语，在数年后的某一天里，悄没声息地递交了辞职报告，说要去美国留学。人们都为她的改变吃惊，只有我知道，一切都源于数年前我们共同听到的那句话。

再后来，我离开了媒体，却还是从新闻中得知，那个前驻法大使因车祸意外去世了，死于前去某大学演讲的途中，他退休后一直奔波在这样的旅途中。得知这个消息时我很惋惜，不仅是为他，也为那些错失了他讲座的年轻学子们。在我眼里，他是一个类似于布道者和启蒙者的角色，而那些正为前路而迷茫的年轻人，是多么需要这样的引领和启蒙。

“年轻人，你为什么不去大城市？”很多年过去了，这句话还是经常在我耳边回响。他可能不知道，这样简单的一句话，却在听者的心中种下了一颗种子，激起了他们对于大城市的无限向往。

可惜的是，由于种种原因，我还是一直待在原先的那个小城市里，如果说这辈子个人发展中有什么重大遗憾的话，那就是没有去北上广深这样的大城市里闯荡过。我现在过得也不错，可我总是设想，如果当初我去了北京，是不是就会写出更好的作品，交些更有意思的朋友？

为什么这么向往大城市呢？可能是因为只有大城市，才会给你提供最多的可能性，最广阔的平台和最充足的选择，大城市的大不仅是面积的大，更是有容乃大的大，它远远比小地方更包容、开放和丰富。

我那个北京的女同学至今未婚，已经做到了出版总监，独自一人住在四环内，资产和收入都远胜于我，她最喜欢北京的并不是在这里平台大晋升快，而是“只有在北京，我才不会觉得自己是个另类”。我走在深圳的街头时，总感觉这里的每一个人看上去都那样生机勃勃，那样富有活力，即使是上了年纪的人，看起来也像个年轻人。而在有些小城市，即使是二三十岁的人，也早早过上了每日麻将天天遛狗的中老年人生活。

当然大城市也有混得很惨的，小城市也有生活得很好的，但从整体来说，大城市的人普遍还是更容易实现自我价值的最大化，有人甚至开玩笑说，北上广和很多内地小城的距离，已经超过了欧美与亚非拉的距离。因此我并不想说什么“大城市很好，小城市也不赖”的废话，而是想和那位前辈一样，苦口婆心地提醒你一句“趁年轻，一定要去大城市闯闯”。

选择一个城市，就是选择一种生活方式。选小城市还是大城市，归根结底就是在安逸与艰苦、稳定与动荡、不变与变之间做出选择，某种程度上，城市塑造了我们，两个同样资质的人，只因为去了不一样的城市，也许就会拥有截然不同的人生。待在压力大的地方，你只有不断地进步才能待得下去，而待在压力小的地方，你会轻松得忘记成长。人生那么长，最后你会发现与变化与动荡相比较，一成不变才真的可怕。

在大城市生活一开始的确很苦，特别是现在房租高涨，但我劝你还是不要那么急于逃离大城市，毕竟，大城市的门槛越来越高了，由大城市入小城市易，由小城市入大城市难，现在国内一线城市的房价越来越高，想要从小城市进入大城市更是难于上青天。

算笔账吧，你要一开始就去了北京的话，若想归隐田园还能随时卖掉北京的房子，轻轻松松地移居大理，反过来，假如你一毕业就去了小城市，中途发现只有北上广才能容纳你的野心和抱负，这个时候就算卖掉手头的房也不够付个首付。

如果你是个理想主义者，在大城市更容易实现梦想，如果你是个实用主义者，大城市可以让你坐享地方红利，所以年轻人，你为什么不去大城市呢？

你不厌其烦的地方，就是你的天分所在

最近在听梁宁的《产品思维 30 讲》，梁宁有“中关村第一才女”之称，曾先后在联想、腾讯等公司任职，并创办过旅人网，和小米的雷军、美团的王兴以及豆瓣的阿北等很多业内大佬都是多年好友。

我一般是不在网上购买课程的，嫌听书比看书费时间，但这套课程出了后却第一时间购买了，完全是冲着梁宁去的。知道梁宁，还是从关注她的公众号“闲花照水录”开始的，她的文章一读就令人欲罢不能，因为其中汇聚了她多年的见识、经验，并且文字感觉极好，知道她也爱读武侠小说，且最喜欢的人物就是令狐冲时，更让我对她多了一些亲切感。

梁宁的观点中最让我耳目一新的就是她对于兴趣的阐发，她把兴趣形容成“瘾”。在一篇文章中，她提到自己有段时间对八字特别感兴趣，又因工作原因结识了不少大佬，很多人爱找她分析八字，她无意中发现，每个人的命运，都明晃晃地格外可见。

她在文章里感叹说，上帝安排一个人的命运，或者说给一个人使命，其实是给他一个爱好，一种真实的喜欢，一种叫作“瘾”的东西。

到底什么是“瘾”呢？在《产品思维 30 讲》里，梁宁对此有进一步的阐述，她提到，为什么做同样一件事，有人很快就厌烦了，有人却不厌其烦而且乐在其中？她分析说，这就是上帝给你初始化的操作系统的密码，就是你的天分。**你不厌其烦的地方，就是你的天分所在。**

一个人生下来就注定了，你会对某些东西感到愉悦，这个东西可以持续给你满足感，你愿意一直花时间在这里，不知不觉中就花了一万小时以上，时间久了，其实你就会与众不同。什么东西持续满足了你，什么东西永远让你不爽，这就是你的命运。

我曾经试着用梁宁的这个方法去分析一些名人的命运，结果发现，这些人之所以能够脱颖而出，还真的是因为他们对某件事上了瘾，而且瘾头特别大。

比如李安，他的“瘾”就是电影，在没有接触到电影之前，他的人生可以用一句话来形容——什么都干不好，什么都不想干。他曾两次高考落榜，还产生过强烈的厌学情绪，直到他到纽约大学转读电影时，忽然觉得自己走对了路。

在其自传《十年一觉电影梦》中，他说：“我最愉快、最充实的日子，就是 1980 年到 1983 年在 NYU 的求学时光。一拍片就很快乐，会想很多点子实验。”以前他上学放假最高兴，那时却第一次觉得放假不高兴。

在 NYU 毕业后，他一度拉不到投资拍电影，只能在家里当“家庭煮夫”，做饭打扫，接送孩子，靠太太的工资养活一家人，这样足足耗了六年。六年里，锐气耗尽，灰心丧气，当时老觉得自己像是京剧中潦倒时困在小客栈里被迫卖马的秦琼，有志不得伸，“店主东带过了黄骠马，不由得秦叔宝两泪如麻，提起了此马来头大……”他曾自嘲说，如果自己有日本丈夫志节的话，早就该切腹了。

就是这样煎熬，他也没有想过要放弃他的电影梦，因为他这个人就是这样，一拍片就来劲，没片拍就没劲，妻子说他：“他不拍片就像个死人，我不需要一个死人丈夫。”如此死撑了六年后，他终于时来运转，凭一部《推手》开始崭露头角。

我当然并不是想简单复述一个坚持就会成功的励志故事，而是想借李安的故事来论证梁宁的观点，他在自传中，不止一次提到拍电影给他带来过多么巨大的快乐，与之相比，做其他任何事都觉得力不从心甚至感到痛苦，他之所以割舍不了他的电影梦，根本的原因不是因为他多么想成功，而是他割舍不了这种真实的快乐。

由李安的经历不禁联想到，古往今来那些在所在领域做出了不凡成就的人，似乎都有自己的“瘾”。

爱迪生有“发明瘾”，众所周知，他为了发明电灯先后用了6000多种材料，试验了7000多次，这个过程足以令99%的人发疯，他体验到的却是一点点接近心中目标的喜悦。

苏东坡有“文字瘾”，他说过自己一辈子最快乐的就是写作的时候，“我一生之至乐在执笔为文之时，心中错综复杂之情思，我笔皆可畅达之。我自谓人生之乐，未有过于此者也。”他曾因写诗讽喻朝廷而身陷牢狱之灾，刚放出来后马上故态重萌，又不怕死地开始写诗作文，没办法，谁叫这是他的人生至乐呢，至今我们读他的文章，也能够体会到他在写作时那种酣畅淋漓的快感。

怀素有“书法瘾”，金圣叹有“批评瘾”，汤显祖有“戏瘾”，纳兰容若既有“词瘾”，又有“情瘾”……他们就像传说中的“瘾君子”，为某件事物神魂颠倒，忍受了常人难以想象的艰辛困苦，只为了体验常人难以体会到的极致欢乐。

有些人一旦犯起瘾来，连世俗中人追求的安稳幸福都可以毫不犹豫地放弃。就像毛姆在《月亮与六便士》中塑造的那个画家查尔斯，四十岁以前，他和大多数人一样，过着庸碌无奇的生活，他在银行任职，拿着不高不低的薪水，养活着一家子人；四十岁以后，他抛妻弃子一个人跑到了巴黎，住在破落的小旅馆里，身上只有一百块，目的只是为了追求他的梦想——他要画画！

如果这样的故事发生在中国选秀的舞台上或者畅销书作者的励志小说里，查尔斯可能会在经历了穷困潦倒的日子后，终于一炮而红，然后要名有名要利有利，上演了励志版的真人梦想秀。可是老毛姆对待他笔下的人物就像命运一样残酷，查尔斯没有红起来，而是流落到南太平洋的一个小岛上，和一个土著女子同居，染上麻风病后双目失明，死前让土著女子将他的画作付之一炬。

这就是查尔斯为梦想付出的代价，也许在大多数人眼中，这样的代价未免太大了，可是我觉得查尔斯不会后悔，在塔希提岛的丛林深处他获得了内心的宁静，他终于成了他想要做的那种人，而不是一般人不得不做的那种人。

查尔斯曾说："我必须画画，就像溺水的人必须挣扎。"很多人不理解他的选择，在他们看来查尔斯为了追求梦想活得太苦了，殊不知，子非鱼，安知鱼之乐？你不是查尔斯，你永远也体会不了他在丛林小屋中画出满壁伊甸园奇景的狂喜。

其实普通人也会有自己的瘾，可他们的瘾通常没有那么大，总是浅尝辄止后就放弃了。查尔斯这样的人却不一样，他们的瘾非常大，以至于其他一切与之相比都显得那样无关紧要，随时可以舍弃掉。

以前我也不明白，为什么很多天才看上去都像疯子，为了喜欢的事可以忍受那么艰辛的生活呢？如果早点听了梁宁的课，我可能就会明白，苦只是我们常人的揣测，实际上他们并不觉得苦，反而乐在其中。查尔斯为什么要去画画？因为画画比在银行工作让他快乐得多。李安为什么要去拍电影？因为这是他做过的最开心的事。人没法拒绝自己真实的感受，不论现实把他层层夯实在哪个轨道里，他总会一点点磨开重压，腾出一丝丝空隙，让自己接近真实的快乐。

一个人对某件事的瘾越大，他能在此上面体验到的快乐就越巨大。心理学中有个说法叫作“心流”，是说当一个人完全投注在某项活动上时，会产生高度的兴奋及充实感。有过这种巅峰体验的人，再也无法戒掉这种瘾。大部分人追求的是四平八稳的幸福，他们却宁愿拿这种幸福去换取一瞬间的极致欢乐。

现在我知道为什么我这么多年兜兜转转的，还是回到了写作这条路上，只因这也是我的人生至乐，对于我个人来说，没有什么比写出一篇好的文章更快乐的事了，我现在还记得，有一次我写完了一篇小说，整个人都被狂喜充盈的感觉。只为了多几次这样的体验，我一次又一次乐此不疲地尝试着。

可能有些人会问，为什么我对任何事物都没有瘾呢？其实上天在造人之初，会给每个人一种叫作 “瘾”的东西，孩子们都是天生的“瘾君子”，生来就会对某项事物感兴趣，只是在长大的过程中，一次次地用“我应该”取代了“我喜欢”，慢慢就遗忘了初心。

要找回生命中的瘾也并不难，只需要静下心来，摒除一切功利的想法，诚实地问自己，究竟是什么能令你最快乐？我相信，答案就写在你的心中，只看你愿不愿意把它找出来。

把时间浪费在喜欢的事物上

现在流行的文章，总是叫你“以自己喜欢的方式过一生”，或者“去做你最爱做的那件事”。可你要是去问大家，你究竟喜欢做什么？估计能答上的人不会太多。

我曾经写过一篇文章，名字叫《一辈子不长，去做你最想做的那件事》。很多朋友看了文章后都留言说，真羡慕你啊，知道自己最想做哪件事。之所以这么评价，是因为他们很多人都弄不清自己最想做什么了。

对于小朋友来说，这是个很好回答的问题。你若走进幼儿园去问大家，小朋友，你喜欢什么呀，他们会不假思索地告诉你：

我喜欢画画！

我喜欢玩乐高！

我喜欢唱歌！

我喜欢滑冰！

我喜欢讲故事！

同样的问题，拿去问成年人，很多人会犹豫半天，然后支支吾吾地告诉你，我可能喜欢什么。说可能，是因为他自己心里都不确定，若再追问下去，有些人会坦率地告诉你，在这个世界上，他唯一喜欢的就是不上班。

Oh，no！这不是喜欢这是逃避。

这样的人还真不是少数，越来越多的小孩子在长大后变成了无兴趣、无爱好、无特长的三无成年人，他们没有特别喜欢的事物，对什么都谈不上有多大的兴趣。他们对当下的生活并不满意，却并不知道自己究竟喜欢干什么。

他们找不出一个词语来形容自己所过的生活，其实在很多年以前，一个叫梭罗的诗人早就形容过了，梭罗说："我们大多数人，都生活在平静的绝望中。"

为什么大多数成年人都不知道自己喜欢做什么呢？

上次我一个师姐就在我那篇文章下面评论说：其实小时候我非常清楚自己喜欢做什么，但长大之后，在喜欢做的事和应该做的事之间，我每次都选了应该做的事，久而久之，我逐渐忘了自己喜欢做什么了。

这的确是个重要的原因。

从小到大，我们就被父母和老师教导着应该去做什么。你喜欢唱歌，可父母会说，有几个人能成歌唱家啊，你还是努力学习吧。你喜欢看课外书，可老师会没收掉，告诉你光看这些是永远考不上名牌大学的。

等到长大后，你终于有了自主权，可以自由地选择做什么，这时候却发现，自己已经被上一代灌输的理念洗了脑。没有人逼你了，但你会自觉地去做你应该做的事。你甚至会说，小孩子才谈喜欢不喜欢，成年人的世界里只有应该不应该。

成年人和小孩子的思维确实太不一样，比方说，小孩子很少考虑做这件事有什么好处，他喜欢就去做了，可成年人在做一件事之前，首先就会考虑，这件事有用吗？

这是妨碍他们投入到喜爱事物的另一项重大阻力。他们害怕在一件事情上毫无收益，以至于一开始就不愿意投入其中。除了必须做和应该做的事之外，他们做什么都浅尝辄止，一旦没有实际收益就立马停止投入精力。

结果就是，他们的生命被那些应该做的、有用的事填充得满满的，将那些喜欢做的但看上去没什么用的事完全挤压了出去，不留一丝缝隙。转过头来他们又抱怨说，没时间去做喜欢做的事，怪谁咯？

畅销书作家古典评价这样的人说：无趣之人（对什么都不感兴趣的人），往往不是无能之人，而是无胆之人。真是一针见血啊。

写到这里，可能有人会觉得，我是在提倡大家不顾一切地去追求梦想。不是的，我从来都不是一个彻头彻尾的理想主义者，我勉强算是个现实的理想主义者吧。像毛姆笔下的查尔斯那样抛妻弃子去追逐梦想，一般人做不到，一般人能够做的，无非是在现实和理想之间寻求平衡。

很多人问过我，你是怎么找到自己喜欢做的事的？

作为一个比较㞞的成年人，我自问没有查尔斯那样的孤绝和勇气，之所以到今天有幸能从事自己喜欢的工作，无非是因为自己在这件事上，延续了童年时期的投入和痴迷。

不知道你有没有观察过身边的小孩，他们不管功课多累，总还能腾出时间去玩些自己喜欢的玩意儿。

作为成年人的你同样可以的，当你做了应该做的事，承担了应有的责任后，别忘了给自己喜欢的事物留下一点空间和时间。

上天会给很多人一种叫作“瘾”的东西，你最愿意做的那件事，可能就是你的天赋所在。别去想什么有用没用，把业余时间花在你真正的兴趣上。

画画有用吗？唱歌有用吗？读书有用吗？写东西有用吗？诗歌和艺术有用吗？

很多东西看上去都对人类社会的进步并无用处，可我始终记得，电影《死亡诗社》中基廷老师说过的那句话：“没错，医学、法律、商业、工程，这些都是崇高的追求，足以支撑人的一生。但诗歌、美丽、浪漫、爱情，这些才是我们活着的意义。”

大多数人由于种种原因，可能无法从事自己喜欢的工作。但至少能够在工作之余，把时间花在自己喜欢的事物上。你可能觉得那是虚度光阴，但人生正是因为有了这样美好的虚度才值得一游。

舍得为你喜爱的事物花时间，这只是第一步，接下来的第二步更关键：持续不断地为你喜爱的事物花时间。

很多人所说的热爱，通常只有三分钟热度。

你说热爱旅游，却只在周末去过城郊；

你说热爱写作，却只热衷于在朋友圈发点文字；

你说热爱摄影，却连扛起器材去山上等流星雨都没耐心；

你说热爱足球，却只热衷于做一个足球联赛的观众。

很多人好像忘了，热爱是要付出长时间的精力和心血的，我们在一件事上花费的时间越多，我们就会越热爱这件事。反之，如果你什么都只试试就算了，那么永远都找不到一件可以让你全情投入的事。

世界上的玫瑰那么多，小王子为什么唯独对他的那朵玫瑰念念不忘？不是因为这朵玫瑰比其他玫瑰更娇艳，更动人，而是因为他在这朵玫瑰上倾注了大量的时间和感情。

不管对人还是对事，你投入的时间和感情越多，你就会越热爱他（它）。那些没有付出时间的热情，很快就会消退，唯有不断地投入，才能巩固你与所爱事物之间的关系。

著名的一万小时理论，说的就是你必须在一件事情上投入超过一万小时，才能有所成就，这同样适应于我们喜欢的事物。

当你越投入，这件事情带给你的回报就越丰厚，你会享受到难以言喻的快乐和成就感，从而促使你进一步投入，渐渐形成了良性循环。

很多人苦恼于没办法从事喜欢的工作，以我的经验，如果一个人坚持能在工作之余做自己喜欢做的事，没准哪天就能从中找到谋生之道，可以将喜欢做的事和应该做的事合而为一。

就算不能以此谋生，那种全情投入的过程本身就是令人感到享受的。小孩子全心全意游戏的时候多开心啊，何不让自己去重温一次那种感觉。

再来听听《死亡诗社》中基廷老师的忠告吧，他说：你们必须努力找寻自己的声音，因为你越迟开始寻找，找到的可能性就越小。

从现在就开始倾听你内心深处的声音吧。

我不想做个时髦的斜杠青年

要说近两年最受人们追捧的生活方式，莫过于“斜杠青年”了。这是一个流行跨界的年代，越来越多的人身兼数职，下班后还不忘开发自己的“斜杠能力”。于是我们会看到，一个大热的畅销书作家有可能是民谣歌手，一个格子间默默无闻的小白领晚上摇身一变成了直播界的网红，一个茶水间的大妈同时在开微店……

那种一生只做一件事的理念看起来已经完全 OUT 了，一项工作或者一种身份已经完全满足不了 21 世纪的现代人了，大家恨不得学孙悟空那样七十二变，开发出越来越多的技能，在不同的身份间自由穿梭。兢兢业业干着一样工作的老实人都不好意思跟别人说，怕说出去落入鄙视链的底端。

如果说一种身份就等于一样标签的话，那么这年头，你身上拥有的标签越多，就越有可能被人膜拜。微博上有句话是这样说的：不想当段子手的歌手不是一个好明星。确实，歌神张学友要是晚生了数十年，论人气未必拼得过薛之谦，谁叫他会唱歌之外，不会写段子也不会营造人设呢。我们迎来了一个综艺时代，光凭一招鲜吃遍天下已经不太可能，出来混，可以涉足的领域一定要涉足一下，可以赚到的钱一定不能错过。

在这种潮流之下，当我听说认识的某位姑娘关闭了微店，停更了公众号，连喜马拉雅上的节目也不大更新了，一心一意只画插画时，确实是有些震惊的。当时我也正面临着人生道路的选择，便特意找她长聊了一次。

这位姑娘以前可以说就是那种人人艳羡的“斜杠青年”了，天生艺多不压身，画得一手好画，写得一手好文章，人长得眉清目秀，属于“人淡如菊”那一款的，随便发张素颜的照片就能秒杀很多网红的那种。她的声音也很动听，沙沙的，有种特别慵懒的性感，在喜马拉雅上有一群死忠粉。

拥有这么多才艺，不发挥出来的确可惜了。抱着这种想法，有那么几年这姑娘一下子拥有了多重身份：在广播届，她是小有名气的网红主播，每周都会录一两次音频节目，一度还客串电台嘉宾；在插画届，她的古风插画很受欢迎，一年到头约稿不断；她开了一个公众号，发发平常写的文章，配上精心绘制的插画，很快就拥有了数万粉丝；有粉丝想购买她的画，于是她索性又注册了一个微店，专门用来出售自己的作品。

不得不说，做一个“斜杠青年”的好处是很明显的，一加一的结果远远大于二，她所跨的行业越多，得到的复利也就越多，微店蒸蒸日上的营业量和公众号日益高涨的广告收入可以做证。这种生活，看上去真是光鲜极了，每次做自我介绍时，她报出一个头衔，感觉对方的眼神都亮了几分。

但是同时，做一个“斜杠青年”的坏处也是很明显的，人的精力总是有限的，那几年里，她把自己忙成了一个陀螺，最忙的时候，一天的睡眠时间只有四五个小时，黑眼圈浓重得用再昂贵的粉底也掩饰不了，洗头的时候头发大把大把往下掉。

“那时觉得就像穿上了童话中的红舞鞋，怎么也停不下来，又像是有个人在后面挥舞着小鞭子对你说，不能停，一停下来你就完蛋了。”和她聊了之后，我才知道，原来看上去一直云淡风轻的她，竟也有过如此焦头烂额的时刻。

为什么不停下来休息一下呢？她坦白告诉我：“可能是我太贪心了，什么都舍不得放弃，什么钱都想赚，什么都想做好。”

身处在这样一个物质社会，贪心一点没什么不好的，但前提是，你得负荷得起你的欲望。有那么一阵子，她真的感觉就要被自己的欲望压垮了，想要的东西那么多，可是精力却远远跟不上。之所以还是死撑着，是因为她告诉自己“别人可以做到的，我也可以做到”。的确，有那么多人在各个行业之内穿梭如风，还显得那样游刃有余，别人可以，凭什么她不可以呢？

“后来我才发现，别人能够做到的，我真的做不到。时髦的未必是适合的，我真的不想再做个时髦的斜杠青年。”经历了一番挣扎之后，她突然领悟到了“断舍离”的智慧，除了最爱的画画外，其他的暂且放在一边。

这样做当然会有很大的损失，很直观地来看赚的钱就比以前少多了，会不会觉得很可惜呢？

“并没有。”她对我说：“我这样说可能有些矫情，但我真的觉得，尽管我损失了一些金钱，却收获了心灵上的宁静。与其花那么多时间去同时做几件事，不如集中精力去做最擅长的那件事。”

她的话引起了我深深的共鸣。世界上有两种人，一种是可以一手画方，一手画圆，同时做两件事甚至若干件事而丝毫不乱的人，另一种却只能在一段时间内做一件事。我和她，都属于后一类人。若干年前，我和她有过类似的处境，结果也做出了类似的选择，我们的力气好像只够做好手头的那件事，没办法像很多人那样在各个领域内自如地转换。

当然若是拼尽全力也不是不可以的，只是那样自己会搞得很累。我的一个朋友在写作者人手一个公众号的时候，毅然关掉公众号去写小说，她说那样虽然来钱慢，可是落得自在。也许挣的钱会缩水，但是至少在挣钱的过程中她觉得享受多了。

关于挣钱这件事，以前我总觉得，人家能挣的钱我也能挣到，人家能过上的生活我也能过。近年来生活教会我的一个道理就是：**有些钱我真的挣不到，有些生活我真的过不了。你用什么方式挣钱，**

过上什么样的生活，最终都和你是什么样的人有关，某些人挣得很轻松的钱，对于另外一些人也许格外艰难，某些人过得如鱼得水的生活方式，对于另外一些人来说可能就分分钟都是煎熬。

现代人的烦恼大多来源于选择太多，欲望过盛，从而缺乏专注和深入的能力。用我爸的话来说，钱这种东西是赚不完的。换句话说，你不能什么钱都想赚，更不能什么都想要。托马斯·伯恩哈德有句经典名言：每个人都有他自己的路，失败者的不幸在于他们不想走自己那条路，总想走别人的路。请允许我篡改一下，姑且改成：“**每个人都有他自己的挣钱方式，痛苦者的不幸在于他们不想用自己的方式挣钱，总想学别人那样挣钱。**”是不是也很贴切？

我虽然是一个财迷，但同时有个原则，那就是不挣让我感觉非常不爽的钱，如果做某件事能挣到一笔钱但严重干扰了我内心的平静的话，那么我宁愿不挣这笔钱。当然这么做的前提是，还有不那么让你不爽的挣钱渠道。弱弱地说一句，要是被生活逼得走投无路了，再让我感觉不爽的钱我也会硬着头皮去挣的。

写了这么多并不是说我反对你做“斜杠青年”。现代生活的好处，就在于它能够为你提供多种可能性，“斜杠青年”这么走红，正因为它为人们提供了另一种生活的可能，让你不至于被某种身份束缚住，这是它的积极意义所在。但倘若把这种生活方式奉为圭臬，转而瞧不起那些专注于某行某业的人，却大可不必。

一生能做好几件事自然很牛，一生能做好一件事，同样很了不起，这需要日复一日的付出和水滴石穿的耐心，还需要懂得给人生做减法的智慧。

最近看了一部纪录片叫《了不起的匠人》，和流行的“斜杠青年”相比，我更喜欢听上去有些过气的“匠人”。所谓匠人，是那种看上去有些“不合时宜”的人，他们中，有在德格印经院刻了一辈子经的彭措泽仁，有一家三代都从事制鼓行业的王锡坤，有立志于让汉服在现代“复活”的小伙子钟毅，有一件高仿宣德炉可以拍卖出 80 万天价的“中国铜炉第一人”陈巧生，也有从十几岁就开始爱玩泥巴的制陶老人羊拜亮阿婆。

这些匠人来自不同领域，从事着不同行业，但有一种精神是共通的，就是他们的笃定与坚持。在他们身上，我们可以看到，所谓“匠人精神”，指的并不仅仅是一种技术，一种工艺，更是一种理念，一种情怀。他们真正地热爱着他们所从事的行业，不管这行业是否已逐渐走向没落。在旁人眼里看似枯燥无比的生活，他们却乐在其中，每一秒钟，都沉浸在此中，每一分钟，都在琢磨着如何把喜欢的事情做到极致。

从这个角度来说，他们不仅是匠人，也是“犟人”，凭着这份倔强，他们耐住了寂寞，抵挡了岁月， 制作出了真正经得起岁月考验的工艺品。他们在自己身上，克服了这个时代。有时候觉得，做任何行业，都需要有一点“匠人”精神。

起点低不可怕，怕的是你不肯从低做起

在我们家的亲友群里面，一位叔叔最近常转发些微信热文，标题大多耸人听闻，什么“拿什么拯救你，我的孩子”啦，什么“多少 90 后，已成啃老族”啦，什么“当心，啃老年代已经到临”之类，一副牢骚满腹的样子。

我问了我妈才知道，原来叔叔家里有个女儿，大学毕业后换了好几份工作，每份工作都干不长，现在干脆待业在家，靠爸爸妈妈的退休金过活。叔叔倒不是养不起她，只是见女儿如此不长进，自然天天长吁短叹，差点愁白了头。

叔叔婶婶四处托人帮这个小堂妹找工作，可能是有人替她操心了，所以她本人倒是一点都不着急。前几天到我这来玩，每天都抱着电脑追剧，托她的福，我熟知了热门的宫斗大剧《延禧攻略》。不得不让人感叹时光真是催人老啊，我像她这么大的时候，清宫戏还是小燕子的天下，现在魏璎珞已取代她成了新的后宫偶像。

追剧的间隙我问她工作找得怎么样了，她漫不经心地摇摇头说没有特别满意的。我们又聊起她之前干的几份工作，她忽然有些害羞，假装捂住脸对我说：“哎呀姐姐你别问了，我做的那些个工作，你肯定是瞧不上眼的。”

再熟了一点，她才肯告诉我，她的职业经历。在短短两年之内，她做过企宣，当过文秘，在酒店当过前台，最惊险的一次，差点入了传销组织的圈套。最近的一份工作是在一家中介公司卖二手房，赶上我们省城限购限贷，半年里一套房子也没有卖出去，中介公司是没有底薪的，没卖掉房子就没有提成，相当于整整半年没有收入。

“那你这半年靠什么生活？”我很吃惊。

“我又不花什么钱。”她告诉我，父母在省城有房子，她有免费的地方住还不用出生活费，偶尔老爸看她可怜还给她发个红包，足够在淘宝上买衣服用了，日子过得如此滋润，难怪她一点都不着急呢。

“你有没有想过，为什么你换了这么多份工作，却一份都干不长久呢？”我问她。

“哎呀姐姐，我都跟你说了，这都是些上不了台面的工作，换你你也不愿意干的。”用她的话来说，那些都是没人愿意干的“破工作”，“傻子才愿意一直干下去呢”。

“叔叔不是帮你介绍了一个工作吗，听说是大型国企，福利待遇不错的。”想起叔叔那愁白了的头发，我忍不住劝起小堂妹来。

小堂妹很不屑地撇撇嘴：“你别听我爸瞎掰，那个什么国企让我先去工厂实习半年，姐姐啊，我可是个大学生啊，虽然只是个二本，让我去做女工，说出去同学都会笑话我的。”

“那你愿意去 ×× 房企做销售不，这个你多少有些经验。”我退而求其次。

“算了吧，姐姐。”小堂妹继续撇嘴：“房地产说不定很快就要迎来寒冬了，再说做销售，又得整天站着，又得看人脸色，太累了，我一个女孩子，还是清闲点好。”

“要说清闲，你之前那份文秘的工作就挺清闲啊。”

“哎呀，什么文秘啊，其实就是个打杂的，什么都要干，一个月挣到的钱还不如你写一篇稿子呢。”

小堂妹可能台剧看多了，我一听她那个嗲嗲的“哎呀”，就觉得头皮发麻，看在她爸以前经常给我零花钱的份儿上，我不得不耐下心来对她循循善诱：“那你好好想想看，你到底想要做个什么样的工作呢？有了目标才好行动啊。”

“我嘛，就想像姐姐一样，做自己喜欢的工作，挣得又不少，关键是，还不用看 BOSS 的脸色！”她伸个懒腰，舒舒服服地打了个哈欠，继续坦白：“我嘛，不像姐姐你那样好强，我只想躺着就把钱挣了。”

听了这话，我一瞬间气血上涌，顿时明白了她爸为什么近来突然像老了十岁，摊上这么个小祖宗，当父母的哪能不焦心。

小堂妹别的本事没有，察言观色还是会的，见我脸色不对，就抱着我的胳膊撒起娇来：“哎呀，姐姐你别生气，我们 90 后都这样的，不单是我一个人。”

我听了内心只有呵呵，一时劝不了她，只好跑去网上查资料，一查吓了一跳，敢情堂妹并不是在危言耸听，一搜“90 后”“辞职”这样的关键词，就被《90 后是史上最爱辞职的一代人》、《工资并不低，为什么 90 后一言不合就辞职》之类的文章刷屏了。90 后当然不会像堂妹所说的那样人人都待业，人人都啃老，但 90 后一代确实普遍比前辈们爱辞职。

为什么爱辞职呢？终极原因可能是因为没有找到理想中的工作。那么回到问题的源头，到底什么才是理想的工作呢？

我总觉得，现在有些年轻人对理想的工作有着不切实际的期待，他们对于自己究竟要干什么并不明确，但对于自己究竟要得到什么却往往很明确。**他们心目中所谓的理想工作，概括起来就是事少、钱多，最好还离家近，付出得很少，得到的却很多。**就像堂妹说的那样，要是能躺着就把钱挣了才好。如果说，我们 80 后想要的只是致富，他们想要的则是暴富，我们想的还是如何努力地挣钱，他们琢磨的则是如何轻松地挣钱。很多传销组织正是冲着年轻人这种心理，用一夜暴富的传说来吸引他们入局。

一代人有一代人的思维方式，堂妹这一代大多数有父母做依傍，确实比我们多了选择的机会。但有一点并未改变，那就是大多数毫无背景的年轻人在涉世之初，都很可能只能从很低的起点做起。如果像我堂妹一样，在不同行业之间像个跳蚤一样跳来跳去，数年下来浪费的不仅是金钱，还有青春。

这个时候你唯一能做的，只能是选择一个相对有发展前景的行业，然后一个猛子扎进去，沉下心来从低做起。不管是什么行业，你在进入之初都是极其艰难的，新人们总是干最多的活，拿最少的钱，就算是熬过了前面那几年，你也不可能过上事少钱多的悠闲日子，收获这回事，通常总是和付出成正比的，整天躺在家里的话，就算是天上掉馅饼也砸不着你。

其实很多一开始看上去并不怎么样的工作，未必就真的那么没前途。就拿卖房子来说吧，我有个发小就是从卖二手房做起的，现在已经有了自己的公司，在省城坐拥六七套房产，人家还不是从零底薪的小销售做起的，起点够低了吧，可就是舍得钻营，又能吃苦，不过十来年的工夫就噌噌噌上了好几个台阶。

这些道理估计堂妹都听腻了，我灵机一动，以《延禧攻略》为例，说这就是一出“宫女升职记”，让她说说女主魏璎珞为何能从一名小小的绣坊宫女升为执掌后宫的令贵妃。堂妹兴致勃勃地总结了好几条：一，业务精湛，绣艺和宫斗技术一样突出；二，会选平台，长春宫明显就比绣坊平台好；三，会讨大BOSS欢心，到哪都能成为老板的心腹；四，属于进攻型人格，想要什么就不顾一切去争取，不会等着机会落到自己头上……

等她说完了，我特意看了她一眼补充说："还有很关键的一点你没有注意到，魏璎珞这个人其实是步步为营的，而且沉得住气，静得下心，并没有幻想着要一步登天，要是一开始她在长春宫的时候就向皇帝邀宠，你猜结果会怎样？"

"那不就落得和尔晴一样被嫌弃的下场了。"堂妹眼珠子一转说："姐姐我明白你的意思了，你是在让我向魏璎珞学习，让我一步一个脚印呢。"

这个堂妹，虽然惫懒了点，倒是一点就通，懂得举一反三。当天晚上，她居然破天荒地没有追剧，而是在网上搜索招聘信息。我冲她笑了笑，深感孺子可教。谁知她一得意就忘形，又跟我夸起了海口说："姐姐，你就等着吧，我很快就能找到我的长春宫了。"我赶紧给她泼了盆冷水："还长春宫呢，先找到家绣坊能收容你就不错了。"

堂妹吐了吐舌头，继续投简历。希望她这次应聘成功后能坚持一段时间，不再嫌弃工作太累钱太少，想想看，她的偶像魏璎珞，在绣坊里是一流的绣女，被发配去刷马桶都要别出心裁地加上芳香制品，有这样的心气劲儿，起点再低又如何，照样以火箭速度一路升迁。

不去纠结是否能成为高手，只把自己当成唯一对手

一个同行决定放弃写作，老老实实做她朝九晚五的小会计了。圈内不少人为之扼腕叹息，因为她写起东西来很有灵气，尽管写得不多，但每一篇都有令人眼前一亮的地方，有喜欢她的书迷说，她的文字里仿佛住着一个精灵，风格有点像那个阿勒泰的李娟，不同的是她写的东西更有人间烟火气。

这样一个前途无量的文学新人，为什么要放弃写作呢？闲聊时我禁不住问道，她倒不隐瞒，坦白告诉我说，她打小就喜欢文学，少女时期在一个写作比赛上拿了大奖，顿时意气风发，誓要成为张爱玲、萧红那样的才女，结果这么写了十来年，别说赶不上张爱玲了，就连近一点的严歌苓也拍马难及。

“既然怎么努力也成不了一流作家，我实在找不到继续写下去的动力了。”她说有次去逛书店时，看到那么多的书，却没有几本能够成为经典，不禁感到深深的绝望，从那以后就萌生了搁笔的念头，她实在不愿意自己辛辛苦苦写出来的书，却只能待在

书店的角落里蒙尘，不过一年半载后就再也没有人阅读或者谈及。

我非常能理解她的绝望，因为我常常也有这样的感受。其实不单是我们，即便是行业内的大师级人物，也难免有挫败得想放弃的时刻。写出了《一间自己的房间》的著名作家伍尔夫，一天激动地阅读着《追忆似水年华》，心底突然涌起一种难以言喻的沮丧感：既然有了普鲁斯特这样的天才，其他人（包括她自己在内）写作还有何意义？

所谓天才，生来就是让其他绝大多数人绝望的。比如说李白，随口一句“举头望明月，低头思故乡”，已足以让天下写诗的人羞愧而死，所以他才有资格嘲笑写起诗来字斟句酌的杜甫“借问别来太瘦生，总为从前作诗苦”。

比如说张曼玉，《阮玲玉》中替下梅艳芳，《甜蜜蜜》里顶上王菲，人家挑剔着不肯演的角色，她演来就能拿奖拿到手软，这些错失良机的“人家”们，不免空余恨，但想想有何可恨的，换你来演，你能演得如此入木三分出神入化吗？名利这东西，金簪儿掉进井里头，是你的总归是你的。

如果你是游泳健将，遇上菲尔普斯这种世纪蛙人，你能不绝望吗？如果你是短跑健儿，不幸和博尔特狭路相逢，你还有什么好挣扎的呢？金庸都封笔了，你还好意思写武侠吗？卫斯理都颐养天年去了，你自问能超过他的想象力吗？

梦露只用了一个掩白裙的动作就成了性感的化身，曹雪芹只写了一本书就万古不朽（还未完成）；每天都有苹果从树上掉下来，唯有牛顿发现了万有引力，普罗旺斯的风景千百年来一直那样迷人，唯有凡·高捕捉到了它独一无二的美。

说到天才和普通人的区别，让我想起以前读武侠小说时印象很深的一句话，叫作“米粒之珠，也放光华”，那是高手们常常用来嘲笑无名小卒的。天才们就像天上的太阳，生来就自带万丈光芒，他们永远也不会理解，那种平凡得像米粒之珠的普通人，是经过怎样的打磨才能绽放出微小的光芒来。

其实就算是再渺小再卑微的普通人，在他们最初决定投身于某一领域时，都是志存高远的。他们当然不想做个二三流的人物，而是想和行业内的顶尖高手一样，创造出无可比拟的作品，拥有闪闪发光的人生。

我现在都不好意思说，在我小的时候，读了一百二十回本的《红楼梦》后，对高鹗续作的四十回非常不满意，立志长大后要重新续写。我读初中时有个叫步非烟的女作家，说要革金庸的命，这样的志向我也有过，只是略为不同，我想写出和《射雕英雄传》一样好看的小说来。

我说这些是为了表明，理想和现实之间的落差实在太大了，平凡如你我，总要经过许多的坎坷和曲折之后才会发现，原来我们根本成不了行业内的一流人物，甚至连二流也许都够不着。

少年心事当拿云，每个人都有过年少轻狂的时候，都曾经憧憬着欲与天比高吧。直到有一天，当你清醒地认识到自己的微不足道，当你承认自己的渺小卑微，当你头脑不再发热眼睛不再长在额头上，才意味着你正式成熟了。

很多人在意识到自己成不了顶尖人物时就选择了放弃，中断了对曾经理想的追求，就像一开始我说的那个同行那样，她说她从此以后会甘于做个平凡的人。

从自命不凡到甘于平凡，大概是多数人成长过程中的必经阶段。三十岁之后我最大的转变，就是一天比一天更加清楚自己的平凡，我知道在很大的概率上，我可能永远也写不出前辈们写过的那样经典的作品了。认清了这个事实后我也一度陷入了深深的迷茫之中，也曾认真地想过是不是要放弃，而且不止一次。有一段时间，我问遍了身边的朋友熟人，想从他们那里确认，我是否真的适合走写作这条路。

在很多外行的人看来，能够以写作为生是件很风光的事，每天都能收获满满的成就感，我不知道别的作家是不是如此，至少就我个人而言，收获最多的不是成就感，而是挫败感。有那么一段时间，我几乎时时刻刻都在和各式各样的挫败感做斗争，书写出来出版不顺利的挫败感，出了后卖不好的挫败感，以及写不出好作品来的挫败感，最后这种是最要命的。

尽管如此，我还是咬紧牙关没有放弃，我并不确定我是否适合写作，但有一点我是十分肯定的——写作绝对是我这辈子最喜欢做的事，没有之一。我有个执念，那就是“我还没有写出我能力范围内最好的作品”，或者说，“我相信我可以写出更好的作品”。因了这点执念，我再沮丧也不肯弃笔。

彷徨的时候我特别喜欢看日本的热血动漫，其中百看不厌的是《棋魂》。《棋魂》说的一个有关灵魂附体的故事，六年级学生小光偶然翻出来一个旧棋盘，棋士佐为的灵魂借此进入了他的身体，佐为视围棋为生命，于是就借小光的手来重新进入棋坛。因为有了佐为的帮助，小光初入棋坛时战无不胜，但他不愿意假借他人之手，于是做了一个惊人的决定，那就是以自己真实的棋技与他人对弈。

这段剧情在我看来是《棋魂》最精彩的地方，小光本身棋技平平，以至于屡战屡败，他却无论如何不肯动用佐为的力量，因为他知道那才是他真正的水平。在外人看来，他成了一个失败者，只有他自己能够体会到，他的棋技一天比一天在提高。

由于一开始实在失败了太多次，小光当然也动摇过，怀疑过自己究竟有没有下棋的天分。塔矢爸爸对他说：“下棋的天分啊，虽然我不知道你有没有。可是就算没有，你也有比那更好的两种才能：一个是比谁都努力的才能，另一个是无止境地喜爱围棋的才能。”

的确，在决定全力去做一件事情前，我们总是会怀疑自己是否具有这方面的天分，没有天分很多时候成了我们放弃的借口。其实就算天分不够，只要你和小光一样，无止境地喜爱着一样东西，又愿意为此努力，就总会在日复一日的失败中，一点点磨炼成更加理想的自己。**与其去纠结自己是否能成为顶尖高手，不如把自己看成是唯一的对手，只要今天比昨天又多了一点点进步，那就是最大的胜利了。**

生活当然没有漫画那样励志，我们可能再怎么努力也没办法像小光那样棋技大进，终成一代圣手。我们中的绝大多数都成不了什么绝顶高手，可那有什么关系呢，**就算只能做一颗米粒大小的珠子，我们还是可以尽其所能，去绽放出属于自己的光芒，那光芒再微弱，也是属于我们生命的微光，它是如此独一无二，足以照亮每个人的一生。**

你有多自律，就有多自由

时代的变化，从年轻人对职业的选择中表现得尤为明显。不知从什么时候开始，我看到身边越来越多的人从体制内辞职，过上了自由职业者的日子。可能是物以类聚，人以群分，环顾我的朋友圈，涌现出了形形色色的自由职业者，他们中有卖文为生的，有给小说画插画的，有独立出版人，有写剧本的，有做设计的，有做烘焙的，有开小店的，有做代购的……简直囊括了三百六十行，有人预言说，随着网络的普及和分工的细化，大公司将逐渐被小个体取代。

这于我父母那一辈的人是无法想象的，对于他们来说，没有什么比安稳更重要，只要是体制内的工作，哪怕是一个扫大街的，也是个砸不烂夺不走的铁饭碗。

父母一辈怎么也预料不到，他们在有生之年，居然会看到做子女的甘于抛弃手中的铁饭碗，不依傍任何单位，只为了追求想要的自由。他们想破了脑袋也想不明白，自由到底是个什么东西，竟然值得用一生的安稳来交换?

对于自由职业，父母一辈和年轻一辈的看法简直是天壤之别。父母那一代是没有自由职业这一说法的，他们管这叫无业游民，身份不比乞丐体面多少。与之相反的是，年轻一辈对自由职业的接受程度很高，很多人甚至将此奉为最理想的职业，曾经有本书叫《不上班的理想生活》，书名起得相当具有时代精神，生活在我们这个时代的年轻人，或许有一半都在幻想着能过上“不上班的理想生活”。

自从我宣布从报社辞职，正式开始自由写作的生涯后，在不少人的心目中，我等于践行了他们的梦想，从此过上了“不上班的理想生活”。有个朋友曾经对我描述过他想象的这种生活图景：每天都可以睡到自然醒，不用挤地铁上班，更不用看人脸色，想宅多久就宅多久，想不出门就不出门，睡饱了就晃晃悠悠地起床，跑跑步，做做瑜伽，喝喝咖啡，养养多肉，不是在读书，就是在旅行，身体和灵魂，总有一个在路上……

他描绘得两眼放光，我听得直翻白眼，忍不住打断他说：你这说的哪是自由职业者的生活，你这说的怕是哪个富二代的日常吧，现在生活压力这么大，王思聪也得忙着四处投资想方设法让钱生钱呢，只有生活在贾宝玉那样的年代，才有可能做个有钱有闲的富贵闲人吧。

我不知道其他自由职业者的真实生活是不是这个样子的，至少我的生活完全不是这样的。我的一天，和其他正常上班的人并没有太大不同，一般也是七八点起床，吃个简单的早餐就开始坐在电脑前写东西，从九点到十二点，是我雷打不动的写作时间，十二点保存好文档，做中餐或叫外卖，偶尔外出和朋友聚餐，然后午睡一个小时，起来后读书或查阅资料，为第二天的写作做准备。下午四点钟的时候会跑下步或跳半小时郑多燕有氧操，如果还有时间会继续上午的写作。周六日通常休息，和朋友爬山露营。

你看，这样的生活看上去一点都不慵懒自在，考虑到日复一日的坚持，甚至还称得上艰苦。我有个读者曾经一度很渴望做个自由作家，她问我怎么才能进入到这一行，我诚实地告诉她，没别的，第一步至少得保证一天能写出两千字来。她表示这个太容易了，她写得快时一天能写八千字。

我赶紧补充说："不是一天，而是每天都能写出两千字来。"一句话吓得她花容失色，震惊地说："每天都要写，姐姐你也太勤奋了吧。"我不忍告诉她，她认为很勤奋的我在写手圈已经算懒虫一枚了，每天只写两千字，周末还休息，和那些坚持日更的什么网文大神之类的完全没办法比，想想唐家三少吧，每天至少更新三千字以上，还能坚持一年三百六十五日不断更，写得如何姑且不论，这种精神真不是一般人能够做到的。

所以你要问我做一个自由职业者最需要的是什么，我的答案只有两个字，那就是“自律”。听了我的回答后，这位读者小妹妹没忍住打了个哈欠，感叹说：“原来作家的生活这么不浪漫啊。”她没有用“乏味”来形容，已经算是很有礼貌了。

很多人都对作家的生活抱有不切实际的想象，当年大美人胡因梦就是抱着这种罗曼蒂克的想象嫁给大才子李敖的，结果她发现，大才子每天都泡在书斋里，一天工作十小时以上，不是埋首纸堆，就是奋笔疾书，根本就没空陪她风花雪月，活得简直就像个苦行僧，哪里有半点风流浪漫。

可这就是生活的真相啊朋友们，人们总是想象着才子们都是喝着红酒，听着小曲儿就把文章给写了，殊不知，那些沉甸甸的大部头作品，都是他们在书房里一个字一个字写出来的，花费了大量的时间和精力。

说到成为作家的秘诀，大文豪鲁迅早就透露过了，他说他无非就是把人家喝咖啡的时间都用在了写作上，我们一般人当然没有鲁迅那样下笔千言、倚马可待的急才，所以除了喝咖啡的时间，还得节省下打麻将、逛街、做美容、社交应酬以及各种能够省下来的时间，才能写出点勉强像样的东西来。

其实不单是自由写作者，还有自由画家、设计师、摄影家、小店店主等等，环顾一下我认识的自由职业者们，哪怕是那种背着包环游全球的职业背包客，都比一般的上班族还要更自律，上班族还能休个假呢，他们工作起来可是完全没有节假日的说法的。我朋友圈里有个自媒体大咖常常吐槽说，原本想着自己单干会轻松一些，没想到反而更累了，有时出个热点什么的，大半夜睡着了都得起来赶稿子。

你可能会说，既然这么累，那还不赶紧滚回去上班啊，这样听上去一点都不自由。到底什么是自由呢？人和人之间的理解可能完全不同。很多人以为自由就是享受人生，我所理解的自由却是追逐梦想，自由并不是什么都不干，而是可以选择干你喜欢的那件事。两者之间的微妙区别，我所欣赏的日本时装设计师山本耀司概括得很好，他的原话是“我从来不相信什么懒洋洋的自由，我向往的自由是通过勤奋和努力实现的更广阔的人生，……做一个自由又自律的人，靠势必实现的决心认真地活着。”

再自由的职业首先也是一份职业，我相信，绝大多数人在决定从事自由职业时，并不是想着从此以后我就可以躺在屋顶上晒太阳了，而是从此我就可以去做真正想做的事了，要他们闲在家里整天玩的话，那就对不起刚辞职时立下的雄心壮志了。

与自由职业相比，我更喜欢自我雇佣这个说法，你就是自己的老板，再小的老板也得自负盈亏，也不会躺在家里坐吃山空，他总是想创造点什么，不管是金钱还是作品。像我这样的自由职业者只是不上班，并不是不工作，相反，我们通常会比上班时更加刻苦地工作，既然选择了做自己喜欢做的事，我实在想不出还有什么理由去耍耍滑头偷偷懒。

我是典型的摩羯座，天性中有勤奋苦干的一面，回想前半生，每每觉得最美好的时候，恰好都是为了某个目标刻苦前行的时分。随着年龄日长，越来越觉得，**只有通过长期缓慢的努力达到目标时，才能收获到实实在在的快乐。**

自由和自律是相辅相成的，唯有建立在自律基础之上的自由才能够长久，才经得起考验。所谓懒洋洋的、随心所欲的自由向往一下就差不多了，如果你真打算做一名自由职业者的话，真要随心所欲到三天打鱼两天晒网的地步，估计过个一年半载之后，你的头脑会和钱包一样干涸。

对于那些还在想着辞职去做自由职业的后来者，我想提醒一下你，辞职前先问问自己，你是否愿意为你想要的自由，付出应有的代价？

你来人间一趟，要活成自己喜欢的模样

喜欢明星八卦的人，对黄佟佟这个名字一定不陌生，张立宪曾说过，当年的娱乐新闻界，在他心目中最厉害的当属“南黄北孟”，北孟指曾供职于《三联生活周刊》的孟静，南黄则是指黄佟佟。孟静主攻大陆明星，黄佟佟则主攻港台明星，一本《最好的女子》汇集了那些年我们共同追过的女神，如林青霞张曼玉等，也成了她的代表作之一。

我对黄佟佟的关注，也是从八卦开始的。还记得很多年前，在新浪博客看到一篇她写张柏芝的文章，一下子惊为天人，立马关注了她的博客，一口气追看了几十篇。看到击节处，恨不得跳进屏幕里，与作者热情拥抱。她写的一切对于我来说实在太有亲切感了，我们都出生在毗邻广东的湖南，都是看着 TVB、听着粤语歌长大的，对香港都有一份特殊的情结，她谈论那些香港明星，就像说起邻居家的哥哥姐姐一样自然，正是这种情感让她的文章成了有温度的八卦和有情怀的访问。知道她是亦舒的铁粉后，同是亦舒粉的我更是对她备感亲切。

从博客时代到公众号时代，读她的文章对我来说已经成了一种习惯，后来发现她不只写八卦，也写生活，写情感，写购物指南，写装修手记，不管写什么，只要看到黄佟佟三个字，我就会追看下去，她的名字仿佛成了出品保证，再琐屑的东西也能写得饶有趣味。

后来也加过她的微信，几乎没怎么聊过，可在我心目中，总觉得已经和她很熟了，文字是最能坦露一个人的内心的，何况她写起文章来从来都是如此坦诚。这些年来，我看着她从传统媒体辞职，转身做起了“黄小姐和蓝小姐”的公众号，数年就收获了好几十万的粉丝，看着她从一个没什么安全感也没什么信心的普通人，变成了粉丝心目中的励志女神，看着她越来越会穿衣服，笑容也越来越多，眉目越来越舒展。

励志女神的说法，低调如黄佟佟估计肯定不会接受。可她确实活成了很多女人想要活成的样子，她用自己的经历亲自证明了，就算人生已经沦为一片废墟，也可以凭借自己的双手，重建起美好的生活。

这两年特别流行“丧”这个词，谁能够想到，如今这个总是笑得眉眼弯弯的黄佟佟，也曾真正地丧过，而且是非常丧，特别丧。用她自己的话来说，“在三十岁那年，我发现自己站在一片幽暗的树林里。”那时她在一家时尚杂志上班，表面光鲜，内心彷徨，害怕被年轻人取代，更害怕杂志突然倒闭。熟悉她的读者可能还知道，这时候她的婚姻也发生了变故，事业和感情上出现了双重危机。满腔的压力无处宣泄，她把自己吃成了一个体重超过一百五十斤的女胖子，想想吧，一个女人，年纪过了三十岁，体重超过一百五，没有房子，没有车子，没有婚姻，连一份工也打得战战兢兢，这样的人生，真的有些灰暗。

不是每个人都能熬过人生的至暗时刻，有些人可能就会这样一直丧下去了，可黄佟佟并没有，凭着“吃得苦，霸得蛮”的精神，她不仅熬过去了，还熬至了滴水成珠时，变成了万千女性羡慕的榜样，终于过上了自己喜欢的生活，活成了自己喜欢的样子。

我想你一定和我一样，很想知道她是怎样做到的，如果你问她的话，估计她会告诉你，“写着写着就好起来了”。这是她在书中一直强调的，可以看作是她的座右铭吧。她可能是我见过的最勤奋的写作者，没有之一，当年她写专栏时，可以同时写五六个专栏，在我们那个小报，都看到过她的专栏。她到哪出差都带着她的电脑，多少写作者都已经退出江湖了，只有她还在孜孜不倦地写着。人们都说她是最懂女人心的专栏作家，我想是因为绝大多数女人该吃的苦头，她都吃过，所以才换来了这份懂得。

如何过上自己想过的生活，过人的勤奋和一定的才华自然是必需的，可黄佟佟给我的启示远不止这些，在她身上，我看到了一个女人决心开启全新生活的勇气和智慧。

她给我最大的启示是当一个女人不再依赖于外界后，将变得多么强大。身为女人，几乎所有人最初都对爱情与生活有过不切实际的幻想，幻想着有个白马王子能从天而降，救自己于水火之中。黄佟佟当然也有过这种幻想，可她真正的成长，正是从打破了幻想之后，当身处在那片幽暗的森林之中时，她突然有天意识到，根本就没有什么人会来救你，你所能依靠的只有你自己。

你只能依靠你自己。这句话听上去令人有些绝望，但绝望过后，你就会迎来真正的心平气和。你会意识到你的人生只有自己承担，自己负责，学会了这点之后，一个人才不会再向外界索求。

黄佟佟当初就是这样，**没有人可依靠的日子里，她把自己活成了一棵树，每一片叶子都吸收着阳光，每一条根都深深地扎进土壤之中。看不到光明的黑暗深处，她把自己化身成了一束光，一点点照亮了长夜。**

全靠自己，她出了一本又一本书；全靠自己，她从传统媒体记者华丽转身为自媒体大咖；全靠自己，她在广州有了自己的房子；全靠自己，她给了自己和家人舒适体面的生活。她就这样凭借一支笔，将自己一个字一个字地救了出来，顺便还挽救了无数同样苦闷中的女性。

亦舒曾经有本书叫作《这双手虽然小》，都会里打拼的女子，到头来谁不是靠着自己的这双手呢，这双手虽然小，也足可创造出属于自己的一份体面生活了。所以女孩子们根本不必害怕自己无依无靠，就算没有其他任何人可以依靠，你至少还可以靠你自己。看看黄佟佟吧，你就会觉得，一个女人，如果还能依靠自己的话，其实并不是太坏，至少说明你有这个能力。

黄佟佟给我的另一个启示则是那种向美而生的能力。出生在二十世纪七十年代，她不止一次自嘲说自己审美能力为零，这不只是她一个人的问题，估计她的同龄人中，美盲的比例比文盲还要高得多。可这不要紧，关键是她具有欣赏美好、靠近美好的能力，这靠先天的悟性，也靠后天的学习。

看她的微博，她在繁忙工作的闲暇时间，大多贡献给了广州的美术馆、博物馆以及各种文艺聚焦地，有段时间，她居然学起了水粉画，还认真地拜了师，看过她晒出的画作成品，像模像样的，还挺用心。

感觉她是一个特别擅长于吸收养分的人，她喜欢和有品位有才华的人交朋友，平常接触的不乏具有生活情调的大神，久而久之，耳濡目染的，她的品位也在噌噌地往上长。以前她觉得买花浪费，现在买菜时总不忘买束鲜花摆在桌上；和爱扮靓的蓝小姐一起做公众号后，她的衣品也变得更好了，不再去批发市场花几千块买一堆衣服，而是开始懂得“少即是多”的购衣原则；通过健身，她已经瘦多了，当然远远没有瘦成一道闪电，但配上适合她的衣服和妆容，现在的她远比十年前好看多了。

最集中反映她审美品位的是她新装修的工作室，她戏称为“小公馆”。小公馆并不大，只有八十几平方米，但里面的每一件东西都是她费尽心思淘回来的，有小众画家的画，有一对恋人用过的黄铜台灯，她说：“我希望这里像一个人的乌托邦，环绕在身边的一切都是自己喜欢的，我喜欢的家具，我喜欢的床单，我喜欢的画，我喜欢的包包、书、巧克力、鲜花、美酒、音乐、瓷器……”

花了十年时间，她亲手重建了自己的生活，这样的生活未必奢华，却足够舒适，同时她重建了一个自我，这个自我未必完美，却足够快乐。她的新书《我必亲手重建我的生活》就相当于一本美好生活指南，无关风月，只谈美好的事物。看得出来她有些恋物，这个癖好可以让原本平凡的日子变得闪闪发光。人要到了一定年纪才会发现，有时候一件精致的小物件，一个可以承担得起的包包，不比一次恋爱带来的快感少，恰如她说的，“让生活生机勃勃的方式就是和有能量的东西待在一起。”

“我愿意在一片荒芜里重建自己的生活，我知道让自己的生活变得更为美好的最简单的方法就是选择美好，并且与它们为伍。”这是她在新书序言里写的一段话，亲爱的佟佟，在未来的岁月里，在通往美好的路途中，我们都愿意与你同行。

如果人生和你想象的不一样，你有勇气重新启程吗？

住处附近新开了一间比萨店，推出了开业大酬宾的活动，中午和几个朋友相约一起去尝鲜。

这家比萨店号称所有食材全部是从意大利空运过来的，吃起来味道确实不错，尤其是一款海鲜比萨，面饼又薄又脆，海鲜用料也很足，不像其他店的，面饼总是太厚，像在吃意大利版的山东大饼。

难能可贵的是，这里的厨师也是意大利“原装进口”的。店里的厨房是开放式的，厨师就站在离我们不到两米的地方，配料、擀饼、涂酱，然后把一个个圆形的薄饼放入烤箱。他是个意大利老头，长得胖又高大，系着白色的围裙，原本金色的头发已经有点银白，脸上的皮肤依然红润光滑，看上去很快活的样子，蓝眼睛里闪烁着单纯的喜悦。

“喏，这就是我们副总的意大利老公。”一位朋友压低了声音说。

“啊！”大家在心里暗暗地叫了一声。那位副总大家都是见过的，人长得性感漂亮，穿着打扮也很有味道，在公司里是很多小年轻仰慕不已的女神级人物，对她的爱情故事大家都很感兴趣。

我们一边等待比萨上桌，一边偷偷打量那个厨师，看上去，他和普通的中国厨子也没有什么不同嘛，不过是皮肤白了一点，人高了一点，神情也快活了一点。

有人失望地嘀咕：“呀，她怎么就嫁了个厨子啊！”

“什么厨子啊，人家可是做比萨的，在餐厅里也占了股份。”

“那也是厨子啊。”一个朋友尖刻地评论说：“嫁他的人可是个堂堂的老总哎，做比萨的怎么了，意大利的又怎么了，这月亮啊，总是外国的圆，连厨子都是外国的听起来高端洋气上档次。你可以想象她嫁一个川菜馆或者湘菜馆的厨子吗？”

说到川菜馆，想必大家都立即脑补出了一幅这样的画面：油烟滚滚的逼仄厨房里，满面油光的厨师正在满头大汗地做着一道水煮鱼。这样的画面和穿着普拉达出入写字楼的女金领形象要多不搭就有多不搭。顿时所有人都沉默了。

餐厅里人手很少，老头厨师亲自为我们端上比萨，朋友手脚并用地比画着告诉他，她是阿琳的同事。

“You know 阿琳？”老头蓝色的眼睛迸出兴奋的光芒，和朋友热烈地攀谈了一阵，他只会说几个中文词语，朋友的英语又不好，所以基本上都是鸡同鸭讲。尽管如此，攀谈还是起到了良好的作用，老头儿转身返回厨房鼓捣了一阵，亲自送上了五份冰淇淋，“free”（免费）这个词我们还是都听懂了。

吃着老头儿免费送的冰淇淋，应一伙人的强烈要求，朋友为我们讲起了阿琳的意大利艳遇故事。餐厅就我们这一桌人，朋友还是自然而然地降低了音量。老头儿仍然快活地忙碌着，只是时不时好奇地向我们看上一眼，似乎想知道我们在说什么。因为担心他会不断听到“阿琳”两个字，所以朋友的讲述是用“她”来代替阿琳。

阿琳的故事其实我早有耳闻，只是第一次听到这么详细的版本。

如果人生有分水岭的话，那么阿琳的人生，是从去意大利旅行之后发生了根本的转折。

在此之前，她的生活简直就是“靠谱人生”的范本。读书的时候，念的是上海的名牌大学，毕业之后，进的是工作稳定待遇优厚的事业单位，凭着过人的天资和情商，在单位里扶摇直上，年纪轻轻就做到了高层的位置。

婚姻家庭也特别平顺，老公在大家艳羡的政府部门工作，也是那种非常求上进的，职位上升得很快。

两人是朋友介绍相亲认识的，称得上门当户对，学历、工作各个方面都很匹配，相亲后没多久就结了婚，然后很快又有了孩子。

她不到三十岁，房子、车子、票子、孩子还有位子都有了，同事和下属戏称这就是新时代的“五子登科”。

在外人看来，这样的生活堪称完美。谁都想不到，在一次旅行之后，她居然一手打破了维系了多年的完美生活。

那年她可能是三十多岁，单位组织高层管理人员去意大利旅游。

也许是那不勒斯的风情太迷人，也许是托斯卡纳的艳阳太灿烂，同行的人们突然发现，这个以严肃正派闻名的女老总，突然变得有那么一点点的不一样了。起初人们觉得这个变化还挺令人惊喜的，起码她言行不那么拘谨，打扮也不那么保守了。

同行人中她的学历最高，英语最好，于是充当了半个翻译的角色。一来二去的，人们发现，她和开旅游大巴的司机聊得挺热乎，司机是个意大利人，在本地，所有外国人都被称为鬼佬。

慢慢地，她和这个鬼佬待在一起的时间越来越多，就算是在人们面前，他们看着彼此的眉眼之间也有了情意。有一天，甚至被人撞见她和鬼佬两个人手拉着手在海滩上散步。

同事们为之哗然，特别是男同事，没想到这个一贯保守的女同事居然有如此开放的一面。女同事呢，表面上调侃她有艳福，为广大已婚育女同胞争了口气，背地里难免会议论几句。

谁都以为这只不过是一场艳遇而已，必将随着旅途的结束而无疾而终。

十几天后，旅行结束了。阿琳依依不舍地和鬼佬告别，临行前两人明目张胆地在机场拥别，惹得无数人注目。

令所有人大跌眼镜的是，回来之后，她果断地向老公提出了离婚。老公想不通，好端端的一个家，就因为她出去旅了个游，就要拆散了，她说她要过想要的生活，难道这么多年来，她过得一直都不够好吗？

亲朋好友都劝她见好就收，可是她执意要离婚。都是文明人，没有经过太大的波折，婚总算离了，房子车子存款孩子都给了老公，她拎着只箱子净身出户。

鬼佬司机这时也来到了我们这座小城，不是旅行，而是来定居的。小城并没有太多适合外籍人士的工作机会，很长一段时间内，这个意大利老头都没什么正经工作，于是化身为阿琳的专职司机、私人厨师以及外语教师，每天接送她上下班，给她做意面、烤比萨，周末两个人背着包带个相机到周边城市走走看看，年休假就去国外游荡。这间餐厅是在他无所事事了好久后才开的，听说他入股的资金还是阿琳筹集的。

阿琳一下子成了“不靠谱人生”的标本，小城人给她贴上的标签是“那个嫁了鬼佬的女人”，其实嫁鬼佬并不是件什么坏事，关键是这个鬼佬一穷二白，和她的前夫相比，除了是个外国人外没有任何看得到的优势，人们都说，阿琳这是被鬼迷了心窍。

小城人（尤其是女人们）说这话的时候，一半是轻蔑，一半是羡慕。阿琳自从嫁了这个意大利老头后，整个人都变得舒展了起来。女同事们眼睁睁地看着她穿得一天比一天时尚，人也一天比一天性感，甚至连工作也越来越得心应手，很快做到了副总这个级别。

男人们很不平:“凭什么外国的失败者就可以娶中国的女神？”

女人们也有点惋惜：“好好的一朵鲜花，插在了牛粪上。”

意大利老头是不是牛粪不好说，只是阿琳的的确确受到了滋养。她以前生活得很拘谨，我曾经在朋友家见过她很久前的一张公司同事合影，上面有阿琳，那时她穿着一丝不苟的套装，打扮得像个典型的女政工干部，离后来的女神范儿还很遥远。

直到和后来这个老公在一起后，阿琳才慢慢绽放出她独有的美来。四十来岁的女人，结过婚，生过孩子，但保养得宜，爱穿露背装，皮肤晒成小麦色，配上南方人深秀的眉眼，有种热带女郎的风情。我关注过她的微博，和同龄人不同的是，她很少转发一些养生啊美容啊之类的帖子，而是会发一些日常的生活状态，我很喜欢她旅行期间发的微博，看着她晒美食晒美景，就会感叹，原来女人到了四十岁，也可以生活得这样惬意自在。

阿琳的故事听完了，比萨也吃完了，我们起身准备结账走人。恰在这个时候，阿琳推门而入，穿着她经典的吊带露背裙，见到我们后，非要打个八折。

还在忙活的意大利老头放下了手中的活计，迎了上去，两人当着我们的面，落落大方地问好拥吻。阿琳偎在老头的臂弯里，笑得很甜。老头儿看向她的蓝眼睛里，满满的都是爱意。

我们都被这一幕震动了，即使是刚刚说老头儿是牛粪的人，也不得不承认，他们两个互相亲吻对方的画面真的很动人。

在没有见到这一幕之前，其实我也怀疑过，阿琳和这个意大利人之间很难有深层次的交流，毕竟，两人的文化背景和生活经历相差太远。现在我终于明白了，她选择嫁给他，也许并不是因为他有多么好，而是因为和他在一起她会成为更好的自己。碰到他时，她已经三十多岁，大多数人都会觉得这个时候已经太晚了，可是阿琳选择了重新启程，我不知道她经历过怎样的挣扎和彷徨，还好，她最终成了想成为的那个人。

阿琳前半生的生活，看似风平浪静，可那只是人们眼中的完美生活，而这样的生活并不是她想要的。在人生的中途，她选择了重新启程，由此开启了不一样的后半生。

如果生活和你想象的不一样，你，也有勇气重新启程吗？

贰

怎样摆脱穷忙人生？

像村上春树一样享受孤独

某天和一个文友聊天，说起我们共同认识的一个男生。其实不知道叫他男生是否合适，毕竟他已经快三十岁了，这个年纪的男人，在很多少女心目中就是中年油腻大叔了吧。可他和油腻完全不沾边，看上去也清清爽爽的，好像也不能叫作大叔。

文友评价说："他好像是从村上春树的书里走出来的。"

不得不说写文的人就是善于观察，这个三十岁的男生，真的就像从村上春树的书里走出来的，头发剪得短短的，衣服不是很时髦却绝对得体，喜欢文艺却并不扮酷，喜欢健身却并不是肌肉猛男，身上绝对不会有汗馊味。也许有过女朋友，可现在是一个人住，还养着一只猫，把自己和猫都照顾得很周到，偶尔在朋友圈里晒晒自己的厨艺，一看就是一个人也要好好吃饭的那种男生。

从那个男生聊到了村上春树，文友说她总觉得村上春树像是过惯了独居生活的，至少从他的小说来看，完全不像出自一个已婚男人之手。

事实当然不是如此，村上春树不仅已婚，而且早在二十二岁就结了婚（为了结婚还提前从大学休学了），婚史超过四十年，和妻子阳子的感情也并不差。可能是两人并没有生孩子，也可能是妻子给了他足够的空间和自由，他从外形到心态都和单身男子没什么区别，至少从他的小说来看，他是十分享受甚至推崇这种“单身状态”的。

村上春树写了那么多男主角，写来写去几乎都是一类人，不管是做什么职业的，年龄多少岁，他们都有种共同的秉性，那就是和人群永远保持着距离，他们总是一个人住，身上有种淡淡的疏离感，即使做着一份入世的工作，内心仍是有些出世的。这样的人，再大也不会变成油腻中年，他们是永远的男生，永远的少年。

什么样的人才会永远有少年感呢？我能想出的答案是独自生活。小龙女要想不变老，也得终身生活在与世隔绝的古墓里。要让一个人迅速变得“油腻”（此处约等于世俗）的最佳方法，莫过于劝他结个婚，如果再生个娃的话，基本就与少年气息绝缘了，像村上春树这种结了婚还能保持少年感的人实在比大熊猫还要珍稀。

我想这是因为他在婚姻中也能保持着独处的能力吧，他和阳子并不像传统的夫妻那样彼此缠绕得很紧，我常常觉得他们就像一对室友，各有各的空间，精神和时间都很自由。村上春树很少谈及他的妻子，但从有限的资料中依然可以看出，他从这段婚姻中没有感受到过多的束缚，在每次决定人生的重大事件时，他有完全的自主权。只有结了婚的人才会明白，一个已婚人士还想拥有对人生完全的自主权的话，前提是他的伴侣必须不随时跳出来指手画脚。

幸好遇上阳子这样一个女人，村上春树得以按自己喜欢的方式过了一生。熟悉村上的人都知道，他这辈子，过得是有些任性的。大学毕业没有像大多数毕业生那样去找份稳定工作，而是借钱开了家爵士乐酒吧，是因为喜欢爵士乐，又不喜欢受人束缚。一开始日子过得特别苦，他在书中写到过，有次贷款都要还不上了，还好天降横财，和妻子散步时突然在路边捡到了一笔钱，数目恰好是他们需要的。

好不容易等贷款还清了，酒吧的生意也蒸蒸日上了，他忽然决定要关掉酒吧，专心去写小说。要知道，他二十九岁才出道，处女作《且听风吟》虽然拿了个“群像新人奖”，可并没赚到什么钱。王小波当年从人民大学辞职去专职写作，他把自己这种行为叫作“减熵”，也就是趋害避利。村上春树投身写作之举也可称之为“减熵行为”，毕竟当时他开酒吧比写小说赚钱多了。

村上春树和王小波一样，做一件事情都是把“我喜欢”而不是“我应该”放在首位。用村上自己的话来说，“不管全世界所有人怎么说，我都认为自己的感受才是正确的。无论别人怎么看，我绝不打乱自己的节奏。喜欢的事自然可以坚持，不喜欢的怎么也长久不了。”

难怪这么多人奉村上春树为精神导师，他真的是那种表面温和，其实特有主见的人。可以说他引领了几代人的生活方式，他不仅是一个小说家，更是一个生活美学家，就算你没读过他的小说，也很难不被他输出的价值观影响。

村上春树四个字，已经成为一种生活方式。有些作家人和书是分离的，有些作家则人书一体，以自己的人生来践行自己的作品理念，在村上春树身上可以看到，他和他小说中的男主角已经合为一体，成为村上式生活美学的践行者。

我读外国作家的作品，常常会有种文化上的隔膜感，但读村上春树却不会，从《挪威的森林》开始，他笔下的场景就让我有强烈的共鸣。明明我和书中主人公的个性并不相似，人生经历也大不相同。和同是村上读者的朋友聊起时，他们也总说有相似的感受。

其中原因我一直想不明白，然后有一天，我一个人在房间里听宗次郎的《故乡的原风景》，忽然想到了村上春树。艺术都是相通的，宗次郎那种弥漫着淡淡忧伤的陶笛声，让我仿佛一下子处在村上春树小说中的情境，天大地大，却仿佛只剩下我孤身一人，“念天地之悠悠，独怆然而涕下”。那种无穷无尽的孤独和苍茫一下子将我包裹了。

忽然之间我领悟到，村上春树小说中的人物之所以能打动我，可能就在于这种孤独感吧，天地之间，我们都同样孤独。认识到还有人和我一样孤独，让我一下子得到了慰藉。孤独可以说是种全球病了，现代人谁不孤独呢，正因如此，村上春树那些以孤独者为主角的小说才突破了国界，打动了千千万万孤独者的心。

和宗次郎的音乐不同的是，村上春树笔下的那种孤独感没有那样忧伤，如果孤独有颜色的话，那么宗次郎的陶笛声是忧郁的深蓝色，而村上春树的小说则是那种浅蓝色，无限接近于透明的蓝。

对于很多人来说，孤独是可耻的，对于有些人来说，孤独是忧伤的，而对于村上春树来说，孤独成了理所当然的一件事，正因为理所当然，所以也就不是一件事。他小说中的主角们，好像都是母胎单身，和这个世界的联系少到可以忽略不计，他们长期一个人生活，没什么亲朋好友，纵然有仰慕的女生也联系不多。

他们最迷人的地方，是丝毫不以孤单为意，他们从未想过要逃避孤单，摆脱孤单，相反，他们看起来反而很享受这份孤单。我记得《世界尽头与冷酷仙境》中的男主角就说过，他毕业最大的心愿，不过是挣到一笔钱后，学学希腊语，拉拉小提琴。看看吧，他的心愿根本不需要其他人掺和，他是真的满足于一个人的独居生活。

村上春树本人也长期过着离群索居的生活，他习惯写小说时到国外定居一段时间，也喜欢到处旅游，《挪威的森林》就是在希腊寄居时写出来的。这种生活状态类似于与世隔绝，除了阳子外，他身边别无亲密的朋友，作家的工作性质也决定了他需要长时间一个人待着，孤独是他生活的常态。

了不起的是，在村上春树身上，我们可以神奇地看到，孤单并不等于孤寂，独处的时光并不像人们想象的那样乏味。没有人比他更懂得自得其乐了，他爱听爵士乐，家里满墙都是黑胶唱片，爱喝威士忌，但绝不过量，爱吃三明治和生菜沙拉，吃个黄萝卜干咸菜切工也要很考究，爱随时来一次不做攻略说走就走的旅行，爱跑步更是出了名。从三十三岁开始，每天写作四小时，跑步十公里，跑着跑着，腰间的赘肉没了，他也成了作家圈中最出名的跑友。

有没有发现，他的这些爱好，都是只需要一个人完成而不需要同伴的，村上春树最了不起的本事就是，他把人们习以为苦的孤独变成了一桩乐事，至少可以说，变成了一桩不那么苦的事。被孤独困扰了数十年的现代人，读他的小说后才发现，原来一个人的生活也可以这样体面，这样惬意。既然如此，又何必再为孤独感到羞耻呢？

这才是他盛行数十载仍余势不衰的秘诀吧。毫无疑问，只要人们还将继续孤独下去，村上春树就将继续流行下去。“一个人安静地待在井底，是我做了一辈子的梦。”说过这话的村上春树恐怕也想不到，世界上还有这么多人和他做着一样的梦。他的小说早已成了读者们奉行的“孤独圣经”，而他本人也早已成了众人效仿的“孤独教主”。哪怕每个人都是一座孤岛，知道这世界还有和你一同做梦的人，总算得到了某种安慰。

在对待孤独的态度上，我们可能做不到像村上春树这样豁达，但我们至少不必像躲避瘟疫那样躲避孤独。**总有一天你会认识到，活在这世上，孤独是摆脱不了也避免不了的，与其抗拒不如接受。**我们从小就被教导如何与他人相处，却忘了学习如何与自己相处，谢谢村上春树，为我们补上了这一课。

用力生活的女孩，才是真闪光少女

认识七天有一段时间了，那时她还叫“七天可爱多”，印象中是一个留着齐肩发、笑起来如春天般明媚的姑娘。那时她的工作是为图书做营销，业内的人都知道，这是个吃力不讨好的活，得花很少的预算去为图书做推广，她却干得兴高采烈的。做推广的，被拒绝是常事，她的好处是被一口回绝了也照样笑脸迎人，确实做到了人如其名，可爱多多。

七天可能就是数百万“北漂姑娘”中的一个典型代表吧，没有出众的美貌，没有良好的家世，甚至连就读的大学也不是什么211、985之类的，所拥有的只是一腔勇气和满怀热血，凭着这些，她赤手空拳地从老家杀到了北京。

在北京待过的人都知道，这是一座多么庞大的城市，最令人惊奇的是，它那么大，居然还那么拥挤，哪怕是处于城市边缘的通州也到处人潮汹涌。我曾经在北京短暂地住过一段时间，每次外出时，都要搭八通线，如果不幸碰到上下班的高峰，八通线的拥挤程度简直可以用水泄不通来形容，有一次我被挤得差点要窒息了，赶紧提前下了地铁。

京城从来都居大不易，尤其是现在的北京，房租越来越贵，要留在此地生存的门槛也越来越高。如果留在老家或者去一个中小城市，大家完全可以过得舒舒服服的，可是那些矢志要改变命运、想要出人头地的年轻人还是毅然选择留了下来。

七天就是这些人中的一个，她个子不高，只有一米五五，是典型的哈比族，如此娇小的身躯里，却蕴含着惊人的勇气与力量。和许多姑娘一样，家里父母对她的期待一直都是希望她找份安稳的工作，嫁个靠谱的男人，待在老家平平安安地度过一辈子。可在廊坊老家待了一段时间后，她很快就感觉到这不是自己想要的生活。

“我不想要这种一眼就能看到尽头的生活，我的生活，应该还有别的可能吧。”抱着这样的想法，她当机立断辞了老家那份如同鸡肋的工作，租了辆面包车拉上一车行李就此晃荡到了北京。

刚到北京那会儿，她称得上是一无所有。租住在没有暖气、没有热水器的远郊平房里，工资交了房租后就所剩无几，吃份麻辣烫都要考虑别超过十五块，感情上也不顺心，她满心喜欢的男朋友觉得她有点胖，不愿意再和她继续下去。

这些情况都是我后来看她书时才清楚的，她展现给大家看的，永远是她阳光、乐观的一面。都说 90 后是“丧一代”，她却没有一丝颓丧的气息，每一天都活得元气满满，把自己活成了一株向日葵，永远朝着光亮那方生长。

当然也会迷茫也会不开心，但她总是用尽全力在奔跑，做什么都力求做得最好。一本书的推广文案，她会写个数十遍，晚上挤地铁回家明明已经非常疲惫了，她还是坐在出租屋里敲打着键盘，给自己的公众号更新。写了稿子后会发很多封邮件，给无数个平台投稿问可不可以采用。失恋后她开始努力健身，试着去相亲，也开始学着用不多的预算给自己买到性价比最高的衣服。

到北京不久后她拍了一张照片，她站在万家灯火中，倚栏回首，目光中透着一点疲惫，更多的是倔强。在北京生活确实很难啊，尤其是没有暖气也没有爱人的冬天，可是即使再难，她也没有打过退堂鼓，她在电脑里打下这样一段话：“**我喜欢这样的北京，这里有迷失的灵魂，也有倔强的人生。活在这个城市里的你，拥有着无数可能性。**”北京对于这个小小的女生来说确实太大了，可它的魅力也是无穷的。就是为了活出更多的可能性，她选择了留下，而不是逃离。

到北京不过短短几年，她的成长速度相当惊人。做营销编辑时，她成功地推广了一本百万量级的书，提前转了正，后来又跳槽到了一家知名的网络公司，月薪翻了两番。她和人合作的公众号也拥有了数万粉丝，所写的文章频频被各个大号转载，稿费和广告收入已经远远超过了她的工资。

她策划了一个摄影展，主题就叫作“留在北上广的一万个理由”，包括作家李尚龙在内的许多业内人士都为她站台。她还出了自己的第一本书，书名就叫作《大大的城市，小小的我》，我很喜欢那个封面，高楼之间，月亮之下，一个女孩子走在钢丝上。这个女孩子令我想起七天，她就是有这种孤勇。

凭着这种孤勇，她真的在北京生活了下来，而且越活越精彩。现在的她，已经搬出了群租房，拥有了一个人住的房间，暖气和电器都齐备，她从网上买了懒人沙发和书柜，把房间布置得漂漂亮亮的，周末有空的时候就给自己做顿饭，买来排骨炖得香香的，或者叫上朋友来一起吃小火锅。经过一段时间的健身，她也成功甩掉了赘肉，偶尔也能在朋友圈里晒晒马甲线了。

尽管几乎每天都要加班，她还是挤出时间去看各种各样的展览和演出，去听朴树和老狼的演唱会，去参加各式各样的聚会和活动。就像刘瑜写的那样，她一个人活成了一支队伍，不气馁，有召唤，爱自由。不恋爱的日子里，她养了一只会开门的猫，还抱着体验的心情去参加了一次相亲，一个人的日子，她照样过得热气腾腾。

这样的人生，哪怕算不得有多么成功，却也自有它独特的精彩。我想十八岁的七天一定想不到，二十五岁的她能够活得如此丰盛，见过那么多不同的人，拥有那么多难以复制的经历。这些都是北京给她的馈赠，如果一直待在老家的话，她不可能像今天这样自信满满，更不可能知道自己原本拥有多大的潜力。

当然北京仍然是居大不易，她离完全扎根在这座城市还有些距离。但那有什么关系呢，她还这么年轻，生活仍然有无数种可能，她才不想这么早就认输。

七天的经历总让我想起绫，绫是热门日剧《东京女子图鉴》的女主角，她们都是从小城市来到京城闯荡的追梦人，也都有股野蛮生长的力量。她们的成长得益于京城，更得益于自己。小小的她们来到这座大大的城市，除了用尽全力去奔跑之外别无他法。有人不理解她们为何如此用力过猛，但是如果不这么用力的话，又何必跑去大城市打拼呢？在我眼里，**只有那些愿意努力去靠近理想生活的女孩，才是真正的闪光少女，她们自带光源，无须他人照耀。**

有天和七天闲聊时她吐槽说今年的房租又涨了一大截，要在北京生活下去压力真是太大了。但说到要不要回老家时，她马上表示现在还不是时候。

我相信她还将继续奋斗下去，还将继续保持着略微紧绷的姿势奔跑下去，因为她待的地方是北京，因为她想要的东西还有很多。就算有一天过不上理想的生活也没什么，过程比结局更重要，至少她曾经为此倾尽全力，如此活过，才算得上不负青春吧。

忍不住想，等到数年以后，七天的故事是不是也可以拍成一部很有意思的连续剧呢，名字就叫作《北漂女孩图鉴》，那将是一个很有意思的故事，不那么完美，却远比翻拍的《北京女子图鉴》更加真实，更接地气，千千万万的北漂女孩都将在她的经历中看到自己的影子。

什么样的女人，才能活出精致感

关于这个主题，大概可以写出一部十万字的博士论文来。对于什么是精致感，估计一千个女人会有一千种不同的解读，我只能说说我所理解的精致感。

记得以前我的书《时光深处的优雅》出版后，在读者群里也掀起过“如何才能活得精致优雅”的讨论热潮。一次，大家正在争论陆小曼和林徽因究竟谁活得更精致，一个读者忽然酸溜溜地说：“说到底，这就是比拼谁家里更有钱吧，有钱才能活得精致啊。”气氛顿时变得凝重了。

这位读者的吐槽并非全无道理，精致感这三个字，有时候闻起来满满都是金钱的味道，说到精致女人的代表，大家脑海里浮现的那几个代表人物也差不多都是有钱的主儿。比如说宋美龄，传说中每天都要用牛奶泡澡的人物（当然后来证实只是讹传），典型的大家名媛，从头发丝讲究到脚趾头，就算年近百岁了，出现在公众面前时永远是描画得端端正正的两弯柳叶眉，一张樱桃嘴。晚年的她哪怕是见重孙子蒋友柏之类，也得穿上旗袍，化上淡妆，除了贴身伺候她的人，估计没人见过她没化妆的样子。

这类精致女人中堪称登峰造极的是慈禧，也许很多人对慈禧的印象还停留在一个戾气冲天的老太婆上，但其实她可以称得上是清代后宫中的“美容大王”了。作为精致女人的典范，慈禧说过一句名言：一个女人如果没有心肠打扮自己，那还活个什么劲啊！

她是这么说的，也是这么做的。据伺候过她的宫女荣儿回忆，慈禧不仅在人前打扮得华丽端庄，就是每晚睡觉前也要穿一身全新的粉红绸缎睡衣，上面绣满了牡丹，精致美丽得不像话。要知道，那时候她可是年近七十的老妇人了啊！那么漂亮的睡衣，慈禧只穿一次，第二天就换新的。女人慈禧的一生，就是爱美的一生。对于美，这位太后真是一丝不苟。

她使用的胭脂口红都是宫廷御制，纯天然无污染。以胭脂为例，每年阴历四月中旬，京西妙峰山就要进贡玫瑰花，再从中选中一色砂红的，几百斤玫瑰花瓣，一瓣一瓣地挑，也只能挑出一二十斤瓣来。这样选出的玫瑰，再用石杵捣成原浆，制成胭脂花汁。这样制成的胭脂，不仅不会损害肤质，反而对皮肤有滋润作用。

她洗澡要用两个盆，一个洗上身，一个洗下身，每次洗澡得用上百条毛巾，她并不坐进澡盆里，而是由侍女用浸了香皂的毛巾擦身，毛巾用完一条扔一条，洗完之后，盆里的水仍是干干净净的。这样费事，不仅是为了卫生，也是为了借搓澡来通经络，以达到健身美体的作用。

她特别喜欢喝人奶，有时甚至用人乳泡澡，后来的袁世凯，也继承了老太后这个喝人奶的爱好。珍珠粉和人参也是她常常服用的美容品。她的法宝还包括一种名医研制的“玉容散”，是用白芷、白牵牛、白丁香、白僵蚕、白细辛、白附子，加上白莲蕊、鹰条白、鸽条白、防风、甘松、三奈、白敛、檀香等八味药调成粉末，用来敷脸后洗净，长时间使用可以医治慈禧面部痉挛的毛病。

她还坚持早上熨脸，晚上泡脚，不管发生什么事，她每天都坚持散步，早饭之后散步一小会儿，中饭之后绕一大圈子，晚饭之后绕一小圈子。中医称散步畅神志，益五脏，是很有好处的。

想必很多人在见识了慈禧的保养之道后，对成为一名精致女人已经绝望了，因为这个成本实在是太高了，不是每个人都能常常吃得起燕窝，喝得到人乳，更不是每个人都能用几百斤玫瑰花瓣来炮制胭脂，御医研制的宫廷秘方和朝鲜进贡的高丽参，更不是我们平常百姓们所能享用得到的。

那么问题来了，如果你和我一样，没有含着金汤匙出生，这辈子都很难成为有钱人，是否我们就注定与精致感绝缘了呢？我个人觉得并非如此。

我的信心来源于日常生活中所认识的那些普通女人，她们大多都做着一份普通的工作，嫁了一个普通的男人，无论以什么标准来看都称不上有钱，可她们却从未放弃过对精致生活的追求。

我姑姑就是我的信心来源之一，从前是没有“精致感”的说法的，我们家乡通常是用“讲究”来形容这样的女人，提起姑姑来，“讲究”是认识她的人对她的共同印象。

姑姑生得很美，在我小的时候，家里很穷，我却有很多村里小朋友都没有的玩具，那都是姑姑的仰慕者为讨她欢心送我的。姑姑天生一副好皮囊，掐得出水的白嫩皮肤，一头亦舒笔下女主角那种海藻般的茂密黑发，唱起《阿里山的姑娘》来，声音宛转得好比山里的画眉鸟附体。虽然从小到大没瘦过，但称得上是真正的“肥而不腻”，丰腴动人。

凭借着天生的美貌和活泼的性情，姑姑嫁给了镇上书记的儿子，两人都在政府当差，在小镇上堪称夫贵妻荣，大有鲜花着锦、烈火烹油之势。

那时的姑姑特讲究，当然，她也有讲究的资本。在我小小的心中，隐隐地以姑姑为荣，那时的她简直成了小镇上的时尚风向标，有天生丽质打底，穿什么都不赖，穿什么都足以引领小镇时装潮流。小表妹两岁时，足蹬一双红色漆皮鞋，镇上的人啧啧称叹，问花了多少钱。姑姑伸出两根手指说："二百。"要知道那是二十世纪九十年代的乡下小镇，一双童鞋花上两百，简直是天文数字。

大约是在小姑姑三十岁时，晴天响起了霹雳，她和姑父因故双双下岗，从那以后，她的生活就开始一路下滑，卖过服装，开过酒店，还远走贵州开过美容院，但做什么亏什么，损失的是时间和金钱，换来的是越来越沉重的债务。姑父从小娇生惯养，未免有些眼高手低，干什么都不长久。

生活的重担一下子落在了姑姑身上，为了这个家，她殚精竭虑胼手胝足，在做生意失败后，拉下面子找了昔日的姐妹帮忙，在人家的超市里打工。我不知道她在超市里身兼收银、售货、厨娘数职时是一种怎样的心情，我只知道到过年时，超市老板娘给小表妹的红包仅仅是五十元，而早在九几年时，小表妹的一双鞋就是两百元。世味从来薄似纱，从前的姐妹成了今天的老板，对比起来不是不心酸的。

你们以为她从此就过得灰头土脸了吗？错了，她还是和以前一样讲究，只是换了种讲究的方式。如果说以前她的讲究只是一味追求美，后来她的讲究则变成了精打细算过日子。

姑姑真的是我见过的最会过日子的女人了，给她五十块钱，她能活出一百块钱的质感来。

那时她的家境大不如前，已经没办法像以前那样看到喜欢的衣服就能爽快买单了，她就总是趁每年换季大打折时，去选购两批衣服。她知道自己适合穿什么样的衣服，不再像以前那样追赶潮流，而是只买经典款，这样一件质地好的衣服能够穿上几年还不过时。

她两个孩子爱吃肯德基，但家里就连这个闲钱也不是很充裕，她就自己在家里用面粉裹了鸡翅，炸出了风味独特的鸡翅膀，孩子们都说她炸的鸡翅比肯德基的还好吃。她就是有这个本事，只要是她吃过一次的菜，都能复制得八九不离十。

我曾去她住的出租屋做过客，那房子简陋得令我有些心酸。屋角摆着个简易衣橱，旁边还有个简易挂烫机，我拉开一看，是满满一衣橱的衣服裙子，都熨得服服帖帖挂得整整齐齐的。再看看姑姑，小风衣披着，阔腿裤穿着，摩登的样子丝毫不改，真像是陋室中的一颗明珠。我这才发现，原来自己的心酸是太过矫情，到哪个山唱哪首歌，人家瞧着姑姑是落魄了，其实她过得好着呢，不管处于什么境地，她都能把自己收拾得体体面面，将日子过得体体面面。

这才是姑姑让我佩服的地方。有多少女人，顺境时过得光鲜亮丽，一旦遇到逆境，马上就蓬头垢面，不事修饰。有钱时精致到头发丝儿不算什么，没钱时也能不放弃对美的追求才真正了不起。

一个女人生活的全盘坍塌，正是从完全放弃打扮、放弃经营

生活开始的。香港名媛章小蕙挂在嘴边的一句话是“饭可以不吃，衫不可以不买”，这话尽管说得有些极端，却足以鼓舞万千女性，有时候女人就得活出这种劲头，哪怕遭遇再大的风雨，也得把自己打扮得光鲜亮丽，笃笃定定地把日子过下去。拥有这种劲头的女人，即使一时跌倒了也大多具有翻盘的能力，章小蕙如此，我姑姑也是如此。

所以如果你问我什么是精致感，我会告诉你，精致感就是那种无论如何都要把日子过下去，而且无论如何都要将日子过好的生活态度，它关乎外表，更关乎内心，是由内而外散发出来的。**决定一个女人是否具有精致感的，不是金钱，而是心态，真正拥有精致感的女人，终生都是美的信徒，任命运如何跌宕都不会放弃让自己和生活变得更美的信念。**

那些坚信只有当一个人有钱了才会变得精致的人，我猜想即使有一天她真的有钱了，也未必一定会活得如何精致。还有那些连屋子都懒得收拾的女孩子们，就别再奢望做个什么精致的“猪猪女孩”了，精致感当然和打扮有关，但如果只停留在打扮上，那就安心地做个“猪猪女孩”好了，别想着什么精致生活了。

爱笑的女生，桃花运总不会太差

看冯唐的新书，他在文章中说道，有人问他，你喜欢什么样的女生？他的回答是，四十岁之前，心智基本上还是个少年，最喜欢爱笑的女生，“女生一笑，她的脸就像枝头上的花开了一样，就像云里的月亮露出来一样，就像大地上的草绿了一样，挺骚。”

读到这里，不禁哑然失笑，其实不只是冯唐，说起对女性的审美，绝大部分男性的心智基本上都还是个少年。他这样一总结，我对照着想了想，发现还真是这么回事，我所认识的那些爱笑的姑娘们，不管高的矮的，胖的瘦的，有钱的没钱的，好像都挺招男生喜欢的。

记得还在遥远的中学时代，我们班上有个全校闻名的美女，身高接近一米七，皮肤白得吹弹可破，大眼睛波光潋滟的像是含着一汪水，不管以哪个标准来评价都是实打实的美女。这位美女不仅长得好，学习成绩也好，但平常和同学相处总感觉有点冷淡。那时正值古天乐和李若彤主演的《神雕侠侣》热播，同学们都说她和李若彤饰演的小龙女神似，尤其是那股子清冷的气质。

男生都是视觉动物，“小龙女”刚入校那会儿，的确引起过轰动，不少高年级的男生特意在课间跑到我们班级外面，只为了多看她一眼。光论颜值的话，她是当之无愧的校花级人物，同龄的其他女生那时候大多还没长开，在她面前一站，就像丑小鸭见了白天鹅，多少有些自惭形秽。

这样一个高颜值美女，按说应该很受男生欢迎吧，可是事实却让我们大跌眼镜，那些男生对她大多敬而远之，他们喜欢亲近的，是班上另一个女生。那个女生的相貌在我们看来称得上平平无奇，要打分的话顶多能打个七十分，如果说“小龙女”是冰山大美女的话，她顶多只能算阳光小美女。她个子不高，脸上还稍稍有些婴儿肥。要说她有什么特别的话，就是特别爱笑，有时离教室还老远，就能听见她咯咯咯的笑声，那声音十分清脆，传说中银铃般的笑声就是如此吧。

她几乎是我见过的笑点最低的人了，平时不说话的时候就是一脸盈盈的笑意，你随便跟她说个什么笑话，她都能笑弯了腰。也有女生不喜欢她这种做派，说她像个傻大姐似的，整天只知道傻乐，可男生们就爱这一款，在她面前，他们一个个变身为段子大师或者冷幽默高手，费尽心思讲笑话，只为了博心中佳人一粲。

对了，她笑起来左边脸上还有个浅浅的梨涡，隔壁班有个才子给她写情书，开头第一句就是“某某，我愿醉倒在你的梨涡之中”，不巧这封情书落到了我们班主任手里，当着全班的面念了出来，从此后她得了个“梨涡仙子”的美名。

对于她如此良好的异性缘，我之前也百思不得其解，私底下曾经问过一个哥们，你为什么这么爱去她面前套近乎呢？这哥们立马浮现出一脸花痴的笑容：“因为我讲笑话的时候，她笑得很开心。”而说起班上的头号美女，他则一脸的瑟缩：“稍微离她近一点，我都觉得冷。”

我不解地追问：“那你不觉得某某某（‘小龙女’的名字）比某某（‘梨涡仙子’的名字）漂亮得多吗？”他想都没想就说：“没觉得啊，我倒是觉得某某看上去更顺眼些。”

这答案真是令我大开眼界，以前我以为男生们都只懂得看脸，没想到比美貌更能吸引他们的，居然是女生的笑容。笑容的魔力如此之大，足以让一个平凡的女生增色不少。古龙有句经典名言：“爱笑的女生，运气总不会太差。”我想这个运气里面一定包含着桃花运吧，对于很多男生来说，最难抵御的就是女生灿烂的笑容。

如果一个女孩子长得好看还爱笑，那就更加无敌了，《聊斋》中的婴宁就是一个典型的例子，婴宁可以说是最爱笑的狐狸精了，蒲松龄用了一支生花妙笔，从各个角度来展现她的笑容，我能想到的，就有“笑容可掬”“含笑拈花而入”“笑不可遏”“微笑而止”“犹浓笑不顾”等等。可以说，蒲松龄在婴宁身上寄托了他对女性的所有理想，婴宁，就是他心目中的理想情人。

你看，从古至今，从蒲松龄到冯唐，时间过去了数百年，男人们喜欢的女生还是同一类，偏爱的永远是那种明快娇俏、未语先笑、活色生香的女子。有网站曾做过一项调查，结果显示，80% 的男生都喜欢性格开朗、笑声清脆的女生。我不知道这个数据是否可靠，但以我个人的经验来看，应该还是大致靠谱的。透露一下，本人也挺爱笑的，男生缘嘛，也还过得去。

这不禁令我陷入了深深的思考，爱笑的女生，到底为什么这么招人喜欢呢？想起一个流行的词，叫作“求偶气息”，往浅白了说，爱笑的女生，身上都自带有“求偶气息”，换种说法就是，她们看上去是可以追求和可以亲近的，而那些艳如桃李冷若冰霜的姑娘，即使再美看上去也只可远观不可亵玩，美则美矣，着实令人望而生畏。所以冰山女神往往还不如阳光小美女受欢迎，当然不排除有个别主动找虐的，可大多数的男生，都只不过想轻轻松松谈个恋爱而已，他们需要同等热情的回应，并不想去费尽心思等冰山融化。再说了，一个姑娘天天笑得像阳光一样灿烂，能难看到哪去呢？

其实不只是男生，女生们也喜欢爱笑的异性，我们都爱和令我们快乐的人在一起。我十几岁的时候有点“受虐倾向”，一味地迷恋看上去酷酷的男生，但真的和酷酷的男生谈过恋爱后才发现，还是那个愿意讲笑话逗你笑、愿意陪你看周星驰一起笑的男生可爱得多了。现在回想起来，觉得年少时最理想的爱情无非就是你爱聊天我爱笑，或者，你恰好喜欢讲笑话，我恰好喜欢笑。一段感情留下的笑声最多，就是最好的恋情，一个人让你回想起来是微笑而不是流泪，就是最值得怀念的恋人。

爱笑这件事，说起来简单，其实要成为常态并不容易。冯唐分析说，爱笑的女生通常都是全面健康的，包括身体健康、智识健康、情感健康、神灵健康。要都符合这些要求有点太难了，正因如此，我发现生活中真正爱笑的女生其实并不多，甚至可以说很少，那种礼仪性的笑容不算，见过太多的姑娘都习惯板着一张脸，一副生无可恋的表情。这样的姑娘千金难买一笑，哪怕你自认为讲了个全世界最好笑的笑话，她也会用冷冰冰的眼神告诉你，这实在没有什么可笑的。

我相信人和人之间的能量是会传播的，你散播快乐，接收到的也是快乐，你一脸苦哈哈的，接收到的也是苦闷。追求快乐是人的天性，既然如此，何不笑脸迎人，做那个率先传播快乐的人呢？

也许你会说，我就是天生不爱笑，没必要为了讨好谁而改变自己吧？如果真为了讨好谁而挤出一脸笑容，那样的笑容也未免太假了。我只是觉得，如果一个人能够笑得多一点，她自己应该也会活得快乐一点。要记住，发自内心的微笑，取悦的不是别人，而是你自己。

太痛苦的话，不努力也没关系

前段时间，朋友圈忽然被一则创业者自杀的新闻刷了屏。我点进去一看，第一感觉是不敢相信，接下来才是巨大的震惊和惋惜。

自杀者的名字我不想公开了，他曾经是很多80后的集体偶像，很早就成名了。当我们还没有接触过电脑时，他已经成了电脑高手。当我们才刚刚开始注册人生第一个QQ时，他已经领着队友们横扫了当地的计算机比赛。当我们还在为找工作烦恼时，他已经从学校辍学，开始创立第一家公司，二十出头就已经掌握着数千万甚至上亿的资产。

年纪轻轻，他就把自己活成了人们眼中的传奇。潇洒少年，银鞍白马，谁都以为铺在他面前的是一条阳光大道。可创业的路从来都不是一帆风顺的，几年之后，他从峰顶坠落，做什么都不顺利，执掌公司时亏损严重，转投电竞也未获成功。

“干什么事，既然选择了就一定要干好。”这是妈妈对他的教诲，他一直奉为座右铭，于是他决定一条道走到底。他把房子、车子都变卖了用来支撑公司运转，只为了对得起员工的信任和自己多年的努力。最困难的时期公司账面上只剩下一千块，还拖欠了员工大量工资，他为此长期失眠，整晚睡不着，对咖啡依赖性上瘾，即便是如此，他也从来没想过要放弃，决定要像以前一样硬扛。

只可惜这次他没有扛过去，苦苦支撑的公司终于撑不下去了，他也终于扛不住了。在某个夜晚，他选择烧炭自杀，生前发的最后一条朋友圈里写道："我爱你不后悔，也尊重故事的结尾。"

我花了好大的力气才把这条新闻消化完，逝者为大，如果这时候还来指责他"输不起"未免太冷血了。但当我看见采访时他的母亲哭得那么伤心，我就忍不住想，我们这些脆弱的年轻人，到底应该怎么样才能避免这样的悲剧再次发生呢？

我和他一样，都是接受着"一定要努力，一定不能放弃"的教育长大的，从小到大，父母和学校教会我们的都是如何坚持到底，如何去赢取胜利，却从来没有人教过我们，该如何去面对失败，如何在适当的时候选择放弃。

是的，我们这一代人的字典中往往是没有放弃这两个字的。所有的教育都告诉我们，你必须选择坚持，被歌颂的永远是那种在跑道上需要搀扶还不肯停下脚步的人，中途退赛的人得顶着万人耻笑的压力。我们很小就知道，坚持光荣，放弃可耻，坚持到底的人虽败犹荣，提前放弃的人则被人唾弃。

尤其是像他这种偶像级别的人，内心一定是万分骄傲的，曾经攀上顶峰的人，往往更加无法容忍自己掉落平地。他一直活得那么努力，从来没有想过要半途而废，就连他最后发的那条朋友圈，也隐隐透露着死撑到底的骄傲气息。对他来讲，坚持很难，放弃更难，一旦放弃就等于否决了他在此之前做的全部努力，这是他绝对无法接受的。

有多少人和他一样，明明已经濒临崩溃的边缘了，却还是勉强自己苦苦撑着。这些人未必会像他那么极端，内心却一样饱受着抑郁和焦虑的折磨。很多励志文章告诉我们，再深的黑暗，熬过去就是黎明，再难的日子，扛过去就是未来，可事实却是，不是每个人都熬得过去的，也不是每个人都有黎明和未来，比如他，就已经提前给自己的生命画上了句号。

努力和坚持在我们这个国度被推崇为至高无上的美德，当你觉得自己很累的时候，总会有人用“拼搏到无能为力，坚持到感动自己”来给你打气。他们没有想过，如果一个人真的努力到了无能为力的地步，如果努力对于他已经变成了一种煎熬，那真的还有坚持下去的必要吗？即使想过，他们也不会接受，对于他们来说，坚持就是唯一的选项。努力已经成为他们的惯性，他们没有办法接受不那么努力的自己，生怕一不小心就会成为一个对社会没用的人。

我曾经也经历过一段感觉努力到无能为力的阶段，就是那种突然间失去了力气，不想再往前奔跑的心情。要知道，我可是个摩羯座工作狂，长期以来，一定要做个有用的人几乎成了我的执念，这样的一个我，居然也会陷入不想再奋斗下去的萎靡情绪中去，真是万万没想到。

那阵子我整个人都恹恹的，做什么都打不起精神来，一边消极怠工，一边内心又充满罪恶感。我怀疑自己得了抑郁症，在朋友的推荐下，还专门去看了一部日本影片，名字就叫作《丈夫得了抑郁症》。

一看吓了一跳，片中的那个丈夫也就是男主角，看上去和我的症状一模一样，他是大公司的一名白领，一直兢兢业业任劳任怨，肩负着养家糊口的重任。然后突然有一天，他整个人都垮掉了，没办法再上班，也没办法和人打交道，只能待在家里被老婆养着，整天为自己变成了废物而难过，连家中的宠物没养好都要自责“我真是对不起社会”。

关键时刻，是他那个看似没心没肺的未成名漫画家老婆小晴的一句话救了他，“如果痛苦的话，就别努力了，保持平常心就好了。”

感谢这部看上去有点丧丧的日本电影，感谢没心没肺的小晴，她说的这句话，以及她那种毫不费力的人生态度也将我从无休止的罪恶感中拯救了出来。

看完电影后我生平第一次明白了原来除了坚持之外，我们其实是可以选择放弃的，这让我大大地松了一口气。

明白了这个道理后我彻底地休整了一段时间，神奇的是，当我不再执着于一定要努力、一定要达到什么目标的念头之后，失去的力气居然又一点点地回到了我体内，过了一阵后，我发现我又能继续工作了。

知道自己可以放弃后，我整个人都如释重负了。关于这点，我在网上认识的朋友阿春体会得比我更深，阿春是一名资深的抑郁症患者，需要长期服药才能抑制病情，她说她早已放弃了必须成为一个有用的人、一个快乐的人的执念，意识到自己可以不那么有用、不那么快乐地活着，才有勇气继续活下去。

和电影中的丈夫一样，阿春有时也喜欢自嘲为“废物”，她曾经写过一篇妙文，主题就是“作为废物是如何跑步的”。我们平常跑步时总想着要一直跑下去，她的经验却是先随便跑跑吧，不想跑了明天就不跑了。“反正明天就放弃了……明天保证放弃了……明天一定放弃……反正迟早会放弃的……”正是抱着这种随时可以放弃的心态，跑起步来才毫无压力，不知不觉中，她居然坚持跑了好几个月。我觉得阿春真是一个哲学家，短短一篇跑步指南胜过一部长达一百二十分钟的电影，中心思想表达得相当充分，都是教我们放弃的意义。

与坚持相比，放弃对我们的意义同样重要。人生多了放弃这个选项后，应该会轻松很多吧。我当然不是鼓励你轻易放弃，只是希望你在觉得自己已经耗尽全力，觉得自己就要面临崩溃边缘时，能够放自己一马，允许自己暂时停下来，或者彻底选择放弃。就算一辈子不努力了也没什么，达不到目的地更没什么大不了的，有时你所谓的死撑，反而会把自己逼到死角。永远得记住，与我们仅有一次的生命相比，没有什么是不可以放弃的。

快乐是一种心态，更是一种能力

这些年来，陆续写了不少民国女子的故事，有些读者看了相关文章之后，会好奇地发来私信问我：“慕容、慕容，你觉得最可爱的民国女子是谁呀？张爱玲还是林徽因，或者陆小曼？”

问题中出现的三位，可以说是民国女神中的三巨头了，知名度最大，也确实各有各的范儿，但挑剔一点儿说，张爱玲太过清冷，林徽因偶尔有点小作，陆小曼娇滴滴得过分了点，要说起可爱的程度，远远不及另一位鲜为人知的民国女子，她的名字就是杨步伟。

我曾不止一次向朋友们推荐过杨步伟，在我心目中，除了“民国最可爱女子”这一头衔之外，她还可以荣膺以下称号：民国第一女厨神、民国第一有福之人，以及民国最会寻欢作乐的女子等等。

杨步伟曾经说过一句名言：“人生何处不求欢。”在她漫长的一生里，确实将这一原则贯彻到了最终，我对她的喜爱，很大程度上就是因为她这种快乐至上的人生哲学。

有必要简单介绍一下杨步伟的身份，她出身于南京望族，担任过中国第一所女子学校的校长，创办过私立医院，开过餐馆，出过风靡全美的烹饪类畅销书，提倡过节育。当然对于熟悉民国史的朋友们来说，她最重要的身份就是语言学家赵元任的太太。

赵元任是个通才，也是个大学问家，尤其精通语言学，会 33 种汉语方言和多门外语，人送外号“赵八哥”。王力等知名语言学家都是他的弟子，刘半农那首著名的《教我如何不想她》就是他谱的曲。

杨步伟和赵元任，并不是传统意义上相敬如宾的模范夫妻，而是一对超级玩家。婚前，杨步伟和同学李贯中合开一家叫作森仁的医院，赵元任经人介绍认识她们后，天天去医院找她们玩。温柔的李贯中就对他动了心，他看上的却是爽朗的杨步伟。不得不佩服他火眼金睛，一眼就看出了当时还在做医生的杨步伟本质上也和他一样天性爱玩。

赵元任碰到杨步伟，可真是两个玩家一相逢，便胜却人间无数。

看杨步伟的《杂记赵家》，通篇说得最多的，就是他们去哪里哪里玩儿了，光是黄山就去了好几次，欧美大陆也漫游了四次。杨步伟八十岁的时候，夫妻俩还驾车去漫游欧洲呢。

杨步伟生性贪玩，爱旅行，爱美食，爱和人开玩笑。赵元任去外面做方言考察时，总是带着她一起去。有次他们去黄山游玩，路过龙口温泉，杨步伟和赵元任换了泳衣，就要去泡温泉。抬轿子的村民一看急了，拦着她说，这是龙王爷的穴，女人不能进去的，一进去龙王爷生了气，以后就没水了。杨步伟风趣地说："别担心，我是龙王爷的亲家，他不会怪我的。"轿夫笑她说，你怎么不干脆说自己是龙王奶奶呢。她笑着说，那样怕龙王爷真生了气，把元任给抢走了。

赵元任会说33种方言，杨步伟会的也不少，于是他们婚后定了一个日程表，今天说普通话，明天说湖南话，后天说上海话。两人新婚后乘船去美国，在船上十分无聊，便决定下围棋解闷。因船上没有棋子，他们就向船夫要了两袋早晨吃的炒米和炒麦子，可以分黑白二色，当棋子用。你看，对于天性爱玩的人来说，世界的任何一个角落都可以变成游乐的场所。

他们一共生了四个女儿。孩子的降生不仅没有压抑他们爱玩的天性，反而给这个家庭增添了更多的欢乐。赵元任为他的女儿们写了很多歌，并教她们唱。他们一有机会就聚在一起，组成一个家庭合唱团，分声部地练习演唱他的音乐作品。

抗战期间，赵元任一家跟着史语所南迁，钢琴丢了，也没有电灯，他们的家庭合唱团却在黑漆漆的夜晚越唱越起劲。赵元任唱男低音；两个小女儿年纪小、声音尖，就唱女高音；二女儿赵新那是女中音；大女儿赵如兰则补上第四声部。

杨步伟性格果敢坚强，是一大家子的主心骨，她给我印象最深的一件事，是在抗战中她让患病的赵元任先走，自己独自一人带着女儿们撤退到后方，路上还不忘发挥她的侠义心肠，找了车载了一大帮子人。她在车子前头领队，还开玩笑对伙伴王慎名说：“古诗有老婢当头娘押尾，现在是老妇当头王押尾了。”王慎名回她说：“赵太太，你真会急中求乐啊，这个时候还有心情吟诗呢。”她说：“人生何处不求欢。”

说得多好啊，人生何处不求欢，一句话尽显杨步伟的本色。民国年间，多的是美女才女，可像杨步伟这样爱玩贪玩、懂得苦中作乐又幽默感十足的女人，实在是太珍稀了。

赵元任和杨步伟在一起生活了六十年，金婚的时候相约下辈子还要做夫妻。这六十年里，他们历经了战火纷飞，遭遇过颠沛流离，晚年还曾有丧女之痛，可这一切都没有磨去他们对生活的热爱，他们遭受过的苦难并不比别人少，可他们善于寻找欢乐，即使在没有电灯、没有钢琴伴奏的夜里，仍然带着孩子们放声歌唱，这歌声穿透了黑暗，让人看到一丝曙光，那是属于文明的微光。

我为什么这么喜欢杨步伟呢，就是因为在苦难深重的中国人中，像她这样懂得感受快乐、追求快乐的人实在太少了，简直是一股清流。

在我写过的民国女子中，除了杨步伟外，被称为“上海的金枝玉叶”的郭婉莹也是这极少数中的一个，杨步伟的人生宗旨是“人生何处不求欢”，她的人生宗旨则是“生活给我什么，我都收下它们。”

郭婉莹是上海永安百货创始人之一的郭标最疼爱的四女儿，从小什么都不缺，对生活的追求不是安定，而是快乐。她曾经拒绝和一个门当户对的公子哥订婚，只因为他送了她一打玻璃丝袜，还对她说这个特别结实能穿很久，她说她不能嫁给一个跟她讨论丝袜是否结实的男人，“No fun（无趣）。”

在顺境的时候追求有趣并不难得，难得的是，即使后来她的房子被占用，家产被没收，本人被下放劳动，只能住 7 平方米的亭子间，吃 8 分钱一碗的阳春面，日子过得那样艰难困苦，她也没有放弃寻找生命中独特的“fun”，人生再苦，善于找寻乐趣的她也总能从中体味到那一点点甜。

住在亭子间，她仍然保持着喝下午茶的习惯，她可以用铁丝在煤火上烤出恰到火候的金黄的吐司面包来，她也可以用被煤烟熏得乌黑的铝锅蒸出彼得堡风味的蛋糕来。

她一生都偏爱穿旗袍，据说她去倒马桶时也坚持穿旗袍。在做那些粗活脏活时，有时她只得换上蓝布工装，可即便如此，她仍然将衣服浆洗得干干净净，头发梳得一丝不苟，她说，这才是一个人活着应有的样子。

吃惯了山珍海味的她，那时只吃得起 8 分钱一碗的阳春面，绿色的小葱漂浮在清汤上，热乎乎的一大碗，她觉得那味道香极了。

她对一切充满好奇，穿着皮鞋去菜市场卖咸蛋，也能迅速学会教顾客如何挑选一只好的咸蛋；被下放到劳场去盖房子时，没人敢爬上竹子搭起来的脚手架，她静悄悄地走出来，拎起一桶和好的水泥就爬了上去。艰辛的劳动让她娇嫩的手指变了形，她却安之如素。

她把这些当成“fun”兴致勃勃地告诉家中的儿子，而儿子总是透过那些令妈妈骄傲的“fun”，才知道她遇到过什么。

她以过人的豁达和从容，走过了那段艰难岁月。晚年的她不愿意成为儿女的负累，独自一人住在上海的老房子里，招待客人前照例要化好淡妆，出去吃饭时照例把背挺得很直，八十多岁走在街上仍然会被老先生搭讪。

生活的磨难从来没在她身上留下一丝戾气，她从不诉苦，更不抱怨。美国肯尼迪总统的遗孀杰奎琳对她的经历很好奇，曾问起她劳改时的感受，她优雅地挺直背说：“劳动有利于我保持体型，不在那时急剧发胖。”有人惋惜她没跟父兄一起去美国，她笑笑说：“要是生活一直像我小姑娘时候那样，我永远也不会知道自己的心有多大，能对付多少事。现在我有非常丰富的一生，那是大多数人没有的。”

人生苦难重重，即使出身富贵如郭婉莹和杨步伟，也难免会遭受各种各样的考验。在遭逢不幸时，有些人通常采取的是逆来顺受的态度，在我看来，逆来顺受这四个字太被动了，本身就透着一股子苦味，好像当命运露出狰狞的一面时，除了任其蹂躏就没有其他办法了。与之相比，随遇而安听上去就要好多了，将无奈的忍受变成了淡定的接受。

庆幸的是，还有极少数人，居然还能做到随遇而乐，这是一种比随遇而安更高级的处世态度。对于杨步伟和郭婉莹这样的人来说，快乐是生命中的音乐，能够让每一个平凡的日子都变得流光溢彩，她们懂得感受和体会生命中的那些快乐与美好，那些东西像明珠般滋养着她们的灵魂。

小的时候我以为，快乐是上天赐予的，可对人生了解得越多，我就越发现，快乐其实是需要主动去寻觅的，**快乐是一种心态，更是一种能力，即便是完全一样的生活，一个快乐感知能力高的人，体会到的快乐也会多很多。**

我们当然也不能期待每一天甚至每一分每一秒都是快快乐乐的，那样就未免太虚假了。但对于一个拥有快乐力的人来说，纵然是在一连串的磨难之中，也可以寻找到快乐的片断，哪怕极为微小。我们的生命，正是因为这些独特的存在，才不会失去光彩。

人生苦短，千万别死磕短板

有那么几年，我活得非常拧巴，因为我把大量的时间都花在了挑战自己的短板上，结果却事倍功半。

熟悉我的朋友都知道，社交是我最大的短板。微博上曾经有个段子描写的就是我们这种人的状况：有一个人她从来不会主动找你，你以为她的生活有多么丰富多彩，事实上，如果你永远都不找她的话，她最后会一个人死在家里，死于寂寞。

现代社会流行混圈子，可是像我这样的社交废人，好像注定无法融入任何圈子，到哪儿都是个圈外人。别人都说我高冷，其实我只是天生羞怯。在大多数人面前我都不知道说什么好，只有在很熟的朋友面前才会变成话痨。从小到大，我不只一次想过要克服这个短板，但是都没有认真践行过，到最后我已经习惯了自己的社交障碍，就像习惯了某种残疾。

我就这样我行我素地“高冷”了很多年，直到有一天，我的某本新书出版之际，合作方问我，手头有没有什么牛人可以帮忙推介一下。我如实回答说并不认识什么牛人。他发过来一个惊呆了的表情，又问：“难道你完全不混圈子的吗？”我告诉他的确如此。他听了后，语重心长地发过来一长段话，大意是“你之所以写了这么多书还没有大红大紫，完全是毁在了不爱社交、不混圈子上”。

我当时正迷茫，便诚恳地请他指点迷津，他倒是实在，当即给我列了个行动清单，远程遥控教我该如何拓展人脉、打进圈子，就差手把手地实地传授了。他列的一长串清单太过烦琐，其中的诀窍概括起来无非就是两个字：主动。我还记得他说的一个诀窍就是加了圈中大咖的微信后，一定要不吝评论，评论得越详细越好，万万不可点个赞就了事。

这些所谓诀窍现在回想起来其实很寻常，可那时我却真的听进去了。我其实是个很固执的人，那一瞬间却全盘接受了他的话，可能是我那时正对自己很不满意。潜意识里，我和他一样，把自己所有的不如意都归咎在不擅社交上，我总觉得，是这项短板拉了我的后腿，让我没办法达到向往的目标。

“一个连自己短板都克服不了的人，怎么可能成功呢？”我至今还对他说的这句话记忆犹新，在此之前，我就像一个装睡的人，试图遗忘自己的短板，可以说是他的直言不讳唤醒了我。

于是我决定迎难而上，努力将曾经的短板抻长。我听从他的建议，主动加了一大堆圈中的名人大咖，然后硬着头皮在他们发的朋友圈下留言；当有人找我写书评时，以往我通常以没时间为理由一口拒绝，现在却咬牙答应了，因为他教导过我圈内交往就是从人捧人开始，若想别人捧你，首先你得捧别人；当我有什么宣传需要时，我学会了请他人帮忙转发推介，因为他说过“人脉就是互相麻烦出来的，永远不要害怕麻烦别人”……

不得不说他总结出来的“社交三板斧”还是有点用处的，这样做很快就有了奇效。我惊奇地发现，原来名人大咖们并不像我想象的那样拒人于千里之外，我给十个人留言的话，至少还是会有六七个回应的，这样一来二去的，彼此之间好像真的拉近了距离。我出新书前，鼓起勇气恳请其中一个大咖为我作序，没想到她很爽快地就答应了。事情如果按照这种趋势发展下去，或许不出三年五载，我就可以出一本书，书名就叫作《我是如何从超级自闭进化成社交达人的》。

可我顶多坚持了几个月，就偃旗息鼓了。不是因为没效果，效果简直超出了我的预料，而是因为这样做让我感觉很不舒服。天知道，我本来是个连赞也懒得给陌生人点的人，现在却得挖空心思给别人写一大段看起来很有意思的留言。我本来写书评只想客观公正，现在却不得不看在认识的份儿上勉强多给人打上一颗星两颗星。这样做确实给我带来了一些利益上的好处，同时却损坏了我的心情，整体来说，我的幸福感丝毫没有增加，我对自己不是更满意了而是更不满了。

自从放弃社交后，我就活得轻松多了，就像余华所说的那样，我不再装模作样地拥有很多的朋友，而是退回到寥寥几个知交的状态。那位曾给我支着儿的人很生气，赌咒发誓说再也不管我的闲事了。为此我有点心虚，特意向一位特别通透的姐姐求教，这位姐姐尽管已为人妻为人母，却活得潇洒自在，她的生活看起来找不到丝毫破绽。

听了我的诉说后，她莞尔一笑，说无独有偶，她的人生，恰恰是在放弃挑战短板后才峰回路转的。我们都以为这位姐姐出得厅堂入得厨房，谁知道她也有一大短板，那就是不会做家务。这放在现在的年轻人身上也许不足为奇，可对出生于二十世纪六七十年代的姐姐那一代人来说，一个女人如果连家务都不做的话，是很难很好地为人妻为人母的。

正是在这种观念的压力下，这位婚前十指不沾阳春水的姐姐一度也曾为夫君洗手下羹汤，可她样样能干，偏偏对家务事既不擅长，也不喜欢，更没有丝毫厨艺上的天分，在吃了无数次她做的黑暗料理之后，她老公终于忍不住对她说："其实你做不好饭的话，真的不用再勉强自己。"

这句话将她从无休止的挑战和挫败中解救了出来，从此后她彻底退出了厨房，花钱请了一个家政阿姨上门来料理家务。她把那些花在烦琐家务上的时间转而花在设计工作上，业务更上了一层楼，她的心情也由此大好。

“妹妹啊，你还是太年轻了，你们年轻人总想着要挑战自我，我自从过了三十五岁以后，就只想顺应天性了，怎么舒服怎么活。”姐姐说，其实她和我一样，都有点完美主义情结，所以不免对自己有些苛求。

不愧是经过风浪的人，一席话说得我豁然开朗。我决定学习这位姐姐的处世态度，人生已经如此艰难了，我又何必为难自己呢?

其实不仅是她和我，我们身边的人也大多如此。我们总是对真实的自我不大满意，期待着自己能成为一个“完美的我”，这个“完美的我”各方面都无可挑剔，她既要活泼大方，又要独立自强，既要貌美如花，又能挣钱养家，最好是十项全能。说白了，我们大多数人都想成为人们眼中的人生赢家。

因为我们从小接受的教育就是要德智体美劳全面发展，要勇敢地正视不足克服弱点，仿佛不这样做的话，就注定会成为一个失败者。很多人和曾经的我一样，将大量的精力花在了攻克短板上，却忘了停下来想一想，这样做真的值得吗?

每个人都有他的天性，所谓挑战短板，往往是指和一个人的天性做斗争。设想一下，一个不善言辞的人却被要求必须常常在公开场合发言，一个生性胆小的人却得去尝试蹦极这样的危险游戏，一个毫无方向感的人却要去学开车，一个内向的人却得去做销售业……**只因为我们害怕被贴上胆小鬼、没用的人之类的标签，就强迫自己去挑战那些很难做到的事。**这样的挑战过程，十有八九是极其痛苦的。

正因为有过这样痛苦的经历，所以我并不赞成人们一个劲地去挑战短板，尤其是挑战那些性格方面的短板。**我们来到这个世界上，都是带着盔甲和软肋而来的，看上去再完美无缺的人，也会有他与生俱来的弱点。**不是所有的弱点都需要克服，很多时候，我们需要学会的不是去弥补短板，而是接纳弱点，接纳自身的不完美，当然前提是，这个短板还不足以影响到你的生存。

何况换个角度来看，你所以为的短板，也许对你来说并非一无是处，正如黛比·福特在《接纳不完美的自己》中所说的："事实上，我们的每个缺点背后都隐藏着优点，每个阴暗面都对应着一个生命礼物：好出风头只是自信过度的表现；邋遢说明你内心自由；胆小能让你躲开飞来横祸；泼妇在有些场合是解决问题的最好方式……阴暗面也是生命的一部分，只有真心拥抱它，我们才能活出完整的生命。"把这里的阴暗面替换成短板也恰如其分。

当然有些功能性的短板还是可以试图弥补一下的，我就挑战过我的拖延症，结果还成功了。那么到底在什么情况下需要放弃挑战短板呢？我个人的原则是，如果这个挑战的过程十分痛苦，而且处处让你感觉从内心深处排斥，那就试试放弃吧。

没什么大不了的，人生苦短，与其和短板死磕，还不如把时间花费在喜欢的事上呢。这样抉择不一定会更成功，但我相信，你至少会快乐很多。

聪明人太多，糊涂一点又何妨

我一直以为，老妈是我家的顶梁柱。老妈精明，老爸糊涂；老妈勤俭，老爸挥霍；老妈恩怨分明，老爸以德报怨；老妈眼光长远，老爸只争朝夕。每次老爸召集一众牌友在家搓麻时，老妈一边忙着张罗饭菜，一边恨铁不成钢地数落他，老爸总是报以满脸亲切的微笑，将一场场战火消弭于无形之中。

这样一个不走寻常路的爸爸，自然是被老妈当成了现成的反面教材，打我记事起，她就在我耳边念叨，这个别学你爸，那个别听你爸的。在这样的家教之下，我长至二十五岁，自忖没捡一点老爸的“坏样儿”，谁料有天老爸的一个好友见了我，频频夸我是青年俊杰，为人处世深得老禹的真传。老禹者，我亲爱的老爸是也。

一听此言，我不禁大为震撼。**为人子女最大的震惊，莫过于在对父亲或母亲的某些言行观念抵触了十几年甚至几十年后，突然发现，原来自己身上已深深地刻上了他（她）的烙印。**

老爸对我的教育，是润物细无声的潜移默化，他从来不会将自己的人生观价值观强加在我头上，也不会一本正经地指点我说，丫头啊，这个你该如何如何。当了三十年小学校长的老爸深知以身作则的教育原理。

我长得不像我爸，可谁见了都说一个老禹，一个小禹，那笑容简直是一个模子里刻出来的。打小老爸就教我逢人必开口笑，小时候我跟他出去访客，见了人也不知道喊，看我爸笑弥勒一样，我也像他一样咧个嘴一味傻笑，叔伯们都说这小姑娘真喜兴。现在我的电脑屏幕上是我和老爸的合影，老禹和小禹都笑得合不拢嘴，只是老禹是剑眉星目，神采飞扬，露一口能拍黑人牙膏广告的整洁白牙；小禹却是贼眉鼠眼，一嘴酷似《食神》中莫文蔚的龅牙。

爱笑的老爸也爱哭，和老妈吵起架来，往往暗自流泪，我十五岁去读师范时，第一次远离家人，老爸坐车送我到邵阳，我哭他也哭，哭得那叫一个涕泪纵横。每次有老乡来，老爸总忘不了让人捎一饭盒菜过来，他的厨艺特别好，可平时难得露一手，我最爱吃他做的洋葱炒肉，很多年以后老妈跟我说，老爸总是一边切洋葱一边流眼泪，说是被洋葱味儿薰哭的，可谁都知道他是在惦记远在他乡的小女儿。

老爸是个糊涂虫。常常挂在嘴边的一句话就是“不要紧，管它呢”，承包养猪场亏本了，是管它呢，欠下了一笔债还是管它呢。

至于牵涉到自身利益的职称评定之类，一概是管它呢。

我十七岁那年刚刚参加工作，正是年轻气盛的时候，处处争强好胜，对工作任务的分配、待遇等级的评定计较得不得了，恨不能一分一毫掰开来算了，生怕自己吃亏。我有一次在家里抱怨说，谁谁谁和我一起参加工作，干的活是最少的，出差的机会是最多的，拿的待遇是最丰厚的，而我任劳任怨得像老黄牛，却什么好处也没得到。

老爸默默地听着，只是拿着一把水壶认真地浇灌着门前的那株石榴树，突然抬起头来对我说："石榴又快成熟了，这棵石榴树每到夏天就拼了老命地结出这么多果实来，好像也没有得到什么好处啊。"我不服气地争辩："作为一棵树最大的使命就是开花结果，重要的是石榴树自个儿成长了啊。"老爸笑眯眯地看着我，若有所思地说："丫头啊，我看你也成长得挺快的嘛，就是过分聪明了。"

我顶撞他说："都像你一样糊涂就好了？"老爸仍是笑眯眯地说："我是糊涂，可我比那些聪明的人什么都不少啊。"的确如此，老爸的职称评得一点儿也不晚，该得到的什么也没少。

那个晚上，老爸特意写了幅字挂在我房里，上面是龙飞凤舞的四个字"难得糊涂"。后来他每逢有什么要提醒我的，就写个四字真言相赠，再后来我南下工作，隔三岔五他便给我发个短信，什么“笑口常开”“平凡是福”“常思一二”等等。每当想起这是不怎么会发短信的老爸憋足了劲一个字一个字打出来的时候，这简单的四字真言就会给我许多温暖。

我常说老爸是老庄后人，做什么事都慢半拍，从未有强烈的事业心，很少计划三五十年后人生如何如何，每天只是饥来就食困来就眠。每次去县里开会，同行们都亲切地称他为“老校长”，因为老爸自从十八岁当小学校长以来，辗转于各个小学，临近退休仍是校长一职，资历真是够老的了。以前我常讽刺他不求上进，老爸笑笑说：“校长也是领导啊。”

而我是典型的急先锋，时时信奉“天行健，君子以自强不息”。我的日子总是过得紧巴巴的，每一分钟都希望能发火发热不使自己碌碌无为。烦人的是，每次一回家，老爸就让我帮着侍弄他那个小园子。

老爸这个人，无别的精神追求，不爱看书、不喜思考、看电视也能打呼噜，唯一的审美需要就是种种花养养鱼，为满足他的审美追求，我只得舍命陪君子。寒来暑往，小园子被我们爷俩整得像模像样，夏有葡萄秋有柑橘，枇杷板栗栽种其中，正中还有棵大石榴树，四季榴花开，盛夏则挂一树红艳艳的果实。为养鱼老爸还特意在园子里花费数千元砌成一水泥池子，放入锦鲤数十尾，天气晴好时，老爸双手叉腰徘徊于池边，将军肚高高腆起，眼中爱意绵绵，志得意满地问我：“很美吧！”

我连连点头称是。其实，在侍弄园子的过程中，我早已体会到工作并不是生活的全部，人总需要一个放松的空间。后来，我常常坐在老爸的园子里，看几页宋词，听两首老歌，感觉到一分钟过得像一小时那样悠长，生活的节奏在不知不觉中慢了下来。

南下工作的生活有时快得像陀螺急转，为和我保持亲密联系，一向不爱学习的老爸居然学会了上网。中秋那天，老爸在QQ上说要送我一份神秘的中秋礼物，点开他给我的网址一看，居然是他精心经营的博客，上附照片数十张，全是家人在老爸的园子里所照的，其中有一张，老爸倚在红艳艳的石榴树上，笑开了花。还有一张是葡萄架的特写，下面放着张小板凳，凳边贴个小纸条，上书“小禹的专座”。

我的眼泪哗啦哗啦地流了下来。老爸打出一行字：丫头，出门在外，悠着点儿，累了就到老爸的博客看看，就当在园子中休息一下。中秋到了，炖只鸡吃，过个好节。

我收了眼泪，准备照老爸的吩咐，买只鸡切切炖了吃。老爸早说过，太上忘情，我辈俗人自然不能做到不为情所动。开心的时候，不妨多笑，伤心的时候，不妨一哭，老压抑自己的感情是不好的。哭过笑过，日子还是得和和美美地过下去。

当我把相恋多年的男友领进家门时，妈才第一次见面就相中了他。我悄悄地问她为什么，妈笑着说：“这不就是你老爸年轻时的样儿吗，开朗，温和，会心疼人。把你交给这样的人，我们就放心了。”反而是老爸只顾着侍弄他的园子，正眼也没大瞧过我男友，我知道，要把养了二十几年的女儿白白给了别人，他心里一定是酸溜溜的。但后来只要听说我和男友吵架，他就会不分青红皂白地训斥我：“丫头，又欺负人了不。”我正生气，他又加一句：“你可是一直这么欺负你老爸来着。”一句话说得我心头暖暖的、酸酸的，男友却暗自为有个站在统一战线的老丈人而得意。

都说父亲是女儿工作方向的指引者，可我从读师范、工作、考研、再工作，大的事情都是自己搞定，老爸很少告诉我前方的路该怎么走。他只是将自己的生活智慧撷其华，去其糙，泡成一杯酽茶，宠溺地哄着我喝下去，等到我已习惯了这一口时才发现，我的血液中流淌的是他的人生密码。

原来所谓的血脉相承，并不仅仅指血缘关系，更是指相处数十年之久的那个人，完全融入了下一代的生命之中，我的生命正是由于有了老爸的印记，才更加丰盛、深邃而宽广。

真正有气质的女人，从不炫耀

从杨同学处抢来一本亦舒的《纵横四海》，坐在躺椅上一口气读完，这时候，天已经黑透了。

对于那些认为亦舒是言情作家而不屑一读的人，我是没什么好说的。我一直以来都认为，亦舒写的从来就不是单纯的爱情故事，也有不少人把她的作品当职场励志书来看。但我想说，如果要励志的话，杜拉拉远比姜喜宝更励志，亦舒的意义绝非言情和励志可以概括，这从我手中的《纵横四海》中就可见一斑。

写早期华人远走埠外捞生活的故事，张翎的《金山》是近年来的大热。我在朋友处曾有幸一睹，相当厚实的一本书，据说穷十年之功才得以完成，对于这种写作态度我是十分敬佩的，但是不瞒你说，这书我看了一页之后，就再无勇气继续下去，毕竟人生苦短，对于不喜欢的事物，纵然人人说好，也不能夺去属于我的时间。

《纵横四海》讲的也是海外华人的故事，但这是一个成功的华人，凭借着杰出的生存智慧，居然从一穷二白做到了侨领。喜欢言情的姑娘们肯定不会爱这个故事，因为它从头到尾都没有缠绵和纠结，只是平铺直叙地讲了此人的一生，用的是亦舒惯常的惜墨如金的笔法，一个人，一辈子，淡淡地写来，背景是一百多年的风云迭更，从义和团起义直到辛亥革命。

类似的宏阔题材，在张翎和亦舒的笔下却是截然不同的两种处理，一个是举重若重，未免用力过猛，一个却举重若轻，锋芒泯于无形。我这里并不是比较两者的优劣，而是要阐明亦舒的特点，她的特点是以淡笔来写沧桑，这点在近年的新作中表现得更为明显。

有读者讥讽她的新作脱离时代，我却觉得恰恰相反，自从退隐加拿大之后，亦舒跳出了一个香港人的视角，更为理性地来看待时局的变化，她的书中也渗入了此类思考，因此她喜欢把书中人物放在一个大时代的框架中，借个人或者家族命运来展现时代变迁。《小紫荆》写的是港人在回归前后心态的变化，《嘘——》则展现了港人在经济以及文化认同方面的回流，《如果墙会说话》堪称一部小型香港变迁史，这么说或者有过誉之虞，但可见言情励志只是亦舒的皮，埋在骨子里的是兴亡沧桑之感。

值得一提的还有《风信子》，说的是宋氏家族潜伏异国企图复辟的故事。王怜花评价说，他原本以为亦舒只是个言情小说家，看了这书突然有了石破天惊的阅读快感。亦舒是金庸的粉丝，这书其实可以看成慕容复故事的现代版，只是书中那个神秘冷艳的女主角，不像王语嫣，倒像木婉清。

亦舒的文字极淡，冷静平和里却蕴藏着一股凛凛的锋锐之气，就像她的照片给我的印象，不漂亮，但是相当硬朗，这样的人，用古话来说就是“大傲若谦”。我敢肯定她骨子里必定是骄傲的，因为她肯定也知道她自己写得好。亦舒的众多名言中有一句如是说：“真正有气质的淑女，从不炫耀她所拥有的一切，她不告诉人她读过什么书，去过什么地方，有多少件衣裳，买过什么珠宝，因为她没有自卑感。”她本人给我的印象正是如此，一个从骨子里骄傲的人，表面看起来恰恰是低调的。

亦舒的高明之处在于她不拿自己的才华当回事，不会因为深信自己是个天才，就咬着牙铆足了劲想写出一部绝世之作来让众人羞愧，而是漫不经心地写着一个一个熟极而流的所谓言情故事，偶尔露出峥嵘一角，这样的结果当然是良莠不齐，但那有什么关系，反正人家就花了七成力气，剩下的力气都好好攒着悠游度日呢。

我是从《我的前半生》开始发现亦舒的野心的，书中男女主角分别叫涓生和子君，沿用的是周树人先生《伤逝》中的名字，想想看这是多大的气魄。当时我看的时候就倒吸了一口凉气，她就不怕人们拿来做比较，一个写言情小说的通俗作家，拿来和一个被捧上了神坛的严肃作家来相比，这换一般人早就心虚得落荒而逃了。可亦舒居然用她的笃定换来了读者们对她的笃定，这不得不说是一种本事了。说到周树人，可能很少有人知道亦舒是他的粉丝，《我的前半生》和《朝花夕拾》都可视为致敬之作。亦舒的语言非常干净漂亮，行文又非常冷静克制，可能正得益于周树人，说实话我觉得她是不愧于列入周门的。

还有一本《痴情司》不知有人看过吗，是将红楼中的铁三角搬到了现代，虽为游戏之作，也足令人惊叹。作品优劣先不说，光是这份勇气和姿态，就实在令人佩服，亦舒为人最在乎的是姿态，所以她从来不会挥动着如椽巨笔去惨淡经营，而是出之以云淡风轻，你懂得也好，最好你看完后一笑了之。

说到大傲若谦，有两个我喜欢的作家也可以归入此列。一为金庸，一为汪曾祺。金老爷子是个有大志的人，只恨报国无门，只能寄情于武侠，他的初衷兴许只是将其视为小道而已，没料想小道居然成了大器。出现在公众面前的老金总是温文尔雅的，但我猜想，他没准在私底下还会抱怨自己平生所学无从施展。汪曾祺看似冲和恬淡，但骨子里仍是卓尔不群的，他的这种傲骨投射到写作中，偶尔会在笔下一些人物中显露峥嵘，比如说著名的《岁寒三友》。汪老曾经提笔重写了《桃花源记》《岳阳楼记》，有人问他时，他淡淡地说：“写了就写了，那有什么！”

套用一句现在流行的话来说，他们骨子里都有一种得意扬扬的低调。《世说新语》评价刘伶说：才高于志，土木形骸。这个好酒的才子除了给后世留下一篇《酒德颂》外，别无大作，但这并不妨碍人们对他的景慕。我想，亦舒也好，金庸也好，实际上也都是才高于志吧。你一本正经地说她没追求不深刻，她肯定会还你一个狡黠的笑脸：我写着玩的，你也就看着玩吧！

过分追求仪式感，正在毁掉你的生活

“仪式感”这个词语似乎具有一种神奇的魔力，其效力类似于魔法界的召唤石，在它的召唤下，中国女人们突然像从睡梦中集体清醒了过来，感觉自己平凡的生活是如此需要它的加持。

在此之前，大多数女人们平平淡淡地生活着，没觉得很好，也没觉得不好，只是偶尔看多了韩剧时，突然会感觉这种平平淡淡的生活好像少了点什么。等到“仪式感”这三个字横空出世时，她们才恍然大悟，原来自己所缺少的，正是这个东西。

我的朋友 S，就是这样一个被惊醒的梦中人。她在我们朋友圈子里，其实属于被人羡慕的那种女人，老公特别能干，里里外外一把手，从买房子到孩子上学，基本不怎么要她操心。她们结婚已经八年，孩子都上幼儿园大班了，在旁人的眼中一直恩恩爱爱，堪称模范夫妻。

可前一阵，S 突然在我们闺密群里吐槽，言语间对她老公大为不满，以至于竟有了想离婚的念头。我还以为发生了什么惊天大事，结果原来是她老公忘记了他们的结婚纪念日，上周末尽管她再三暗示，他还是懵然不知，完全不记得那是什么重要日子了。

当初他向她求婚时，才刚参加工作没多久，家里又一穷二白，拿不出钱来摆酒席，她当时想着有情饮水饱，头脑一热就嫁给了他，没有婚宴，没有彩礼，没有蜜月旅行，号称三无。男朋友感动得不得了，许诺说等以后有钱了，一定给她补偿。现在日子越过越好了，她想着正好趁八周年结婚纪念日去三亚旅行，顺便拍套婚纱照，岂料老公却完全忘记了这回事，让她带着孩子去，钱由他来出。

“他完全不能理解，这次旅行对于我来说不是简单的出游，而是一次重要的仪式，居然让我和孩子两个人去，亏他想得出来。”S被气得七窍生烟，“这么重要的日子，他都不记得了，这日子，过得没有一点仪式感，真叫人万念俱灰。”

其实我个人觉得这不算什么大事，S的老公并不像她描述的这样不解风情，就在上个月，她过生日的时候，他还在酒店里订了包间，请了她很多朋友一起去为她庆祝生日，朋友们都觉得他有情有义。

我一说这个，S更委屈了：“别提了，就吃了个饭，没有礼物，没有惊喜，连束花都没准备，这男人，太缺乏仪式感了。”

我瞬间确信，作为一个关注了不下二十个情感公众号的女人，

S已经被那些情感鸡汤洗了脑，完全中了“仪式感”的毒。

在她的再三重复下，我才发现，原来近一年来，“生活需要仪式感”已经成了她说得最多的一句口头禅：

出去聚餐时，她必定要先等所有菜上齐了，拍过照片发了九宫格之后，再让我们吃，生活需要仪式感嘛；

读一本书前，她一定要先放点柔和的音乐，拉下窗帘，调好灯光，恨不得焚香沐浴后，再开始静读，没办法，生活需要仪式感嘛；

跑步时，一定要挑个风和日丽的日子，穿上全新配套的阿迪达斯运动套装，戴上手环，然后坚持在朋友圈里打卡，生活需要仪式感嘛；

七夕节，得有鲜花配大餐加礼物，情人节，得有鲜花配大餐加礼物，生日过年纪念日，一律得有鲜花配大餐加礼物，红包那种东西，太缺乏仪式感了，根本就打动不了她的心；

……

事事都强调仪式感，生活果真就过得更好了吗？然而根据我的观察并没有。如此坚持了一年，她没读几本书，跑步也仅仅坚持了半个月就不跑了，因为仪式感这种事，本身就挺消耗力气的，偶尔为之还没什么，长久以来累得让人只想放弃。她老公比她更累，完全搞不清老婆一天到晚在折腾些什么，他非常困惑，私底下甚至向我们吐过苦水，可怜他日日忙完工作忙家庭，还得配合他老婆去营造仪式感，他搞不清，仪式感到底是个什么东西，只知道S原本挺实在的一个人，突然间就变得魔怔了。

过分追求仪式感的，绝不只S一人，她还算程度较浅的，比较起来，有些女人对仪式感的追逐简直到了令人发指的地步。我看过一期和复合有关的综艺节目，里面有个女孩子长得特别可爱，栗色卷发，粉色公主裙，精致得就像个芭比娃娃，可外形这么亮眼的一个女孩子，居然是求复合的一方。

她被分手的理由之一就是太过于讲究仪式感了。西方情人节中国情人节白色情人节外加圣诞节春节都要过就算了，连什么恋爱三十天一百天都不能落下，一年下来几乎天天都需要庆祝，一不庆祝她就想出各种办法闹，搞得她那个二十四孝的中国好男友苦不堪言，最后终于受不了提出了分手。直到这个时候，这个女孩子仍然觉得自己一点问题都没有，不就是追求点仪式感嘛，有什么问题？

仪式感，本来确实是个美好的词语，它就像水中的盐，锦上的花，足以让一个原本平平无奇的日子变得熠熠闪光。我记得我的导师曾经对我说过，她小时候日子过得再艰难，父亲都会在中秋那天买一点月饼，酿一点酒，带上一家老小在月下赏月吃饼，这样的仪式感对于日常生活是多么重要，它可以让平常的日子生出几分诗意来。情侣或夫妻间偶尔来点仪式感，比如出去吃个烛光晚餐或者互相送点礼物之类的，也有利于给平淡的感情生活增添一些情趣。

但万事都过犹不及。你试想一下，要是一年三百六十五日都活在仪式感里，那再有意思的仪式也会因为重复得太多而失去了它原有的趣味，正如水里偶尔撒点盐还行，盐太多了保证能把你咸死。过多的仪式会成为累赘，一点点消耗掉你的精力。

除了过分追求仪式感外，很多女人容易犯的另一个错误是喜欢向男人要仪式感。她们口口声声说着“生活需要仪式感”，其实是盼望着男人能给她们制造一点仪式感。不巧的是，男人对仪式感的需求远远没有女人强烈，对各类纪念日也远远没有女人那么敏感，能够记住女朋友的生日，对于很多男人来说已经很了不得了。如果一个女人执着地要求男人给她仪式感，最后的结果很可能是女人会越来越失望，男人则越来越累，现在我一想到仪式感这三个字，往往就会透过这个词看到一个满腹委屈的女人和一个疲惫不堪的男人。

仪式感，说白了只是生活的一种形式，如果没有实在的内容做支撑，再华美的形式也是空洞的。我们想要一点仪式感，初衷只不过是想生活得更好，结果很多人反而因此将生活弄得怨气连天，这无疑是舍本逐末、买椟还珠。

你的生活如果已经像锦缎一样美好，只要稍微添加几朵花就行了，没必要将花绣得满满当当。指望男人就更加犯不上了，男人这么粗糙的生物，本来就没几个懂得绣花功夫的，指望他们锦上添花，还不如指望他们雪中送炭靠谱。

叁

仙女下凡间，该如何生活？

文艺是最低成本接近美好的方式

作为一个买书狂人，我每过一段时间就会处理掉一批不会再翻阅的书。小区不远的广场有一个回收旧书的柜子，据说会捐给边远山区的小朋友，我每次都拉着一小推车的书送到那里。

一次拉着书经过小区门口时，正在站岗的保安小王破天荒地跟我打了招呼，还问我："你这些书是都准备送人了吗？"我点头说是。小王结结巴巴地问我："那个，靓女……哦不，姐，你这些书用不着的话，可以借几本给我看吗？"他是个很沉默的人，平常很少和业主套近乎，说了这几句话，几乎用了他全部的力气，连脸都羞红了。

"当然可以啦，你喜欢的话全部拿去好了！"我正愁费劲呢，乐得做个顺水人情。

他的脸更红了，这次是兴奋的，又语无伦次地说了很多感谢的话，我注意到，他的目光停留在那些书上时，开心得宛如一个小孩得到了最想要的糖果。

我以为他只是出于好奇，没想到后来有一两次深夜从外面回来时，都发现他在保安亭内看书。昏黄的灯光照在他脸上，有种罕见的专注。他察觉到有人经过时，迅速用宽大的袖子把书盖了起来，等看到是我时，才把袖子放下来，脸上露出了不好意思的笑容。

我一瞥之下，注意到他看的书居然是《一只特立独行的猪》。惊异之下，忍不住问他："你喜欢王小波吗？"他谨慎地回答说："随便看看，觉得挺有意思的。"那晚我和他聊了会儿，结果发现他的阅读面远远超过了我的预计，他不仅爱看王小波，还爱看梁实秋林语堂鲁迅，最喜欢的作家是沈从文。他说沈从文写的东西令同样从乡下进城的他备感亲切，他来自川西，家里兄弟姐妹众多，学习成绩还不错的他读到初中就辍学了，这些年颠沛流离，唯一没有更改的是阅读的习惯，为这事，他不知受过多少工友和同事的嘲笑。

"姐，我真是特别羡慕你们这些读书人。"他说他这辈子最遗憾的事就是没读过大学。

"没关系的，告诉你一个秘密，其实我也没读过大学。"我鼓励他："沈从文连小学都没毕业呢，照样自学成才。"

"成不成才的倒不敢奢望，姐，实话跟你说，一个人背井离乡挺苦的，但读书的时候，就会觉得没那么苦，至少那个瞬间是快乐的。”即使是在昏黄的路灯下，他的眼睛也明显变得亮了起来。

深夜长谈之后，我又送了他几次书，有次还邀请他去我家，让他随便挑选。

我的书不算多，仅仅只装满了一面墙的书柜而已，但这已经足够让他叹为观止了，他挠挠头，无限羡慕地说：“姐，你的书真多，难怪你成了个作家呢，如果有一天我能读你这么多书，没准也会成为个文艺青年吧。”

我告诉他：“你不用成为，你现在已经是个文艺青年了。”

“是吗？”他望着我，两眼放光，仿佛得到了莫大的肯定。

“当然是的。”我看着面前这个一心想成为文艺青年的保安，蓦地感到羞愧难当。

有那么一段时间里，我特别羞于提及“文艺”这两个字。谁要说我是文艺青年，熟人我就回他一个白眼，外加一句“你才是文艺青年，你们全家都是文艺青年”，碰到完全不熟的，不好这么直截了当地反驳，就唯有尴尬的笑而已。万万没想到，当我不敢承认自己是个文艺青年时，居然还有保安小王这样的人，以成为一名文艺青年为荣。

这是一个擅长解构和消解的年代，很多曾经格调不低的词语在这个时代都被污名化。比如 “文艺”，说一个人爱好文艺，说一个人有文艺范儿，也许是拐着弯骂你矫情。我能感觉到，当有人说“你们这些文艺青年”时，那种微微流露出来的鄙夷和嘲讽，尽管这种恶意有时隐藏得很深，深得连说话的人也未必察觉得到。

文艺算是近年来被污名化得最厉害的词语之一了，回想并不遥远的二十世纪八九十年代，年轻人们深夜饮酒，谈论的都是文学和诗歌，每个人都相信除了眼前的苟且之外，还有诗和远方值得向往。可如今呢，人们的杯子碰在一起，都是心碎的声音，没有人再在聚会上谈论文学，年轻人一睁开眼睛来满脑子都是诸如房价之类的现实问题，至于诗和远方，只好无限期地搁置了。

不是我不明白，这世界变化实在太快。在我们这个过分讲究现实利益的时代，对文艺的爱好未免显得太过于虚无缥缈了，对于大多数忙于生存的人来说，这种爱好不算是一种浪费的话，至少也算是一种奢侈。人们总是倾向于将艺术看成是精英们专有的领域，要涉足这一领域，你至少得达到小资阶层。

尽管没有明确地说出口，可在很多人看来，文艺是有门槛的，穷人就不配追求艺术梦想，再苛刻一点的话，底层人民连亲近艺术也不配。一个人如果连谋生都很难，那还谈什么生活呢，人穷到一定份儿上，就该安分守己，老老实实地做着聊以糊口的工作，挣一点小钱用来吃吃喝喝。

法国小说《刺猬的优雅》中塑造了这样一个女主人公荷妮，她是个博学多才的女门房，熟读胡塞尔和弗洛伊德，酷爱小津安二郎的电影，她的心灵密室塞满胡塞尔现象学、弗洛伊德、中世纪哲学……可她在日常生活中却将自己伪装成粗鲁、低俗、不学无术的样子，因为她知道，只有这样，她才能被人们看成是一个“安分”的女门房。

是的，热爱文艺的穷人往往被看成是不安分的。人们不相信，一个门房会拥有丰富的精神生活。荷妮可能早就看透了这些，所以她才没有试图与人分享这一切。她知道，一旦她那么做，得到的可能是嘲笑、讽刺和打击，而不是欣赏和赞美。

她就像一只带刺的刺猬，为了保护自己，不得不竖起满身尖锐的刺来。

这让我想起 2018 年在《中国诗词大会》上夺冠的雷海为来，他是一名外卖小哥，凭着多年的诗词积累，一举击败了北大硕士等对手，成功夺取了冠军。雷海为和荷妮一样，在他人眼里都很另类，别人打游戏的时候他在读诗，送外卖的空隙也在读诗，显得那样的格格不入。

雷海为夺冠之后，有一些人嘲讽说：“拿了冠军又怎么样？还不是在送外卖！”还有人评论说：“会背这么多诗词还是在送外卖，充分证明了读书无用。”

读这么多诗词到底有用吗？或者说，喜欢文学艺术到底有用吗？从功利的角度来看，的确没有任何用处。雷海为背了那么多诗词，还是只能做一份辛苦至极的外卖工作。薇薇安拍了那么多照片，还是穷得连房租都交不起。荷妮读了那么多哲学典籍，还是得做个给别人呼来唤去的门房。

但换一个角度来看，就未必如此了。不管是背诗、读书还是观看电影，都是他们用来抵抗庸常生活的一种方式，那些读过的书、背过的诗词、看过的电影就像悄悄的一线光，照亮了他们的人生。**文艺就是这道光，没有它，你也能生活，可有了它，原本乏味的生活就会镶上一道银光，变得诗意起来。**正如主持人董卿在雷海为夺冠后说得那段感言，你背过的那些诗词，在这一刻都绽放出了光彩。即使这光彩没被他人看见也不要紧，它已经足够点亮你的生命。

保安小王也好，荷妮、雷海为也好，在世俗社会中都是些微不足道的小人物，他们的物质生活相对贫瘠，可他们却拥有比大多数人更为丰盛的精神生活。就像《刺猬的优雅》里所说的那样，即使是孤独的刺猬，内心深处也有着不为人知的优雅。

不是每个人都能在诗词大会上夺冠，也不是每个门房都像荷妮那样学识渊博。但我始终相信，再卑微、再平凡的人都应该拥有亲近文艺、热爱文艺的权利，有一颗文艺心没什么可耻的，不应该被嘲笑。文学艺术是我所知道的能够改善生活的最低成本的事物，一本书、一场电影花费不到几十元，就能给予人极大的精神满足。如果你舍不得花钱去买书看电影，不妨像雷海为那样，去书店里蹭书看。

与其为那些生前湮没无闻的天才们哀叹惋惜，不如少去嘲笑那些敢于追逐文艺梦的普通人们。你捍卫了他们的尊严，就等于捍卫了每一个普通人追求理想精神生活的权利。

愿有一天，每一只孤独的刺猬都能收起满身的刺，袒露出他们不为人知的优雅。

心存诗意，尘世即是天堂

有人曾问我：“谁是你最喜欢的大陆作家呀（之所以强调大陆是因为熟人们都知道加上港台我最喜欢的必然是金庸）？”

我不假思索地回答说：“汪曾祺啊。”

那人穷追不舍：“为什么啊？”

我愣了愣，也在心里问自己为什么，为什么不是张爱玲，为什么不是沈从文，为什么偏偏最喜欢的就是汪曾祺呢？

后来再看他的《受戒》和《大淖记事》，忽然从书中找到了答案：“他把普普通通的生活写得太美了。”就像他经常挂在嘴边的一句话：“生活，是很好玩的。”

汪曾祺被称为“中国最后一个士大夫”、一个“抒情的人道主义者”，这些帽子都有点大。我更愿意把他看成一个美的“捕手”，终身都在捕捉美，创造美，让你看了他的书之后禁不住感叹：活着真好呀！

在汪老的笔下，真的是万物静观皆自得，无一事不美。读他的文章，我们了解到，他是一个南甜北咸东辣西酸都敢尝试的美食家，一个爱画画、爱赏花、爱拍曲的才子，一个命运坎坷但仍随遇而安的达人，一个恨不得把自己泡在酒里的老头儿。

汪曾祺用一支笔，将我们带到了人生的另一重境界，让我们知道，原来平凡的生活也可以过得如此诗意。

汪曾祺火了之后，不少人模仿他，但总是缺少那种韵味。

这是为何?

因为汪曾祺是一个真正懂得生活、热爱生活的人，他既是个具有文人趣味的士大夫，又是个接地气的生活家，这让他的文章兼具文人雅趣与人间烟火味。

他从四五岁就开始跟着父亲学文学画学书，父亲带着他到麦田里去放风筝，用小西瓜挖净瓜瓤给他做通体透亮的西瓜灯，他不止一次回忆说："我的童年很美！"

在西南联大读书时，他常在月白风清之夜，在大槐树的老树根上，独自吹笛，直到半夜。同学中有人说："这家伙是个疯子！"

后来到了农场，就在农闲时演戏，帮演员用油彩化妆，早上起来就蹚着露水到马铃薯地里，掐一把花、几枝叶子，插在玻璃杯里对着画，画了一整套《中国马铃薯图谱》。还写过一首诗记述这一段的生活，其中有两句是"坐对一丛花，眸子炯如虎"。

他是个"美食家"。他什么都爱吃，到昆明要吃米线，到张家口专吃土豆，到了京城就爱上了老北京人爱吃的麻豆腐，还要用羊尾巴油炒。

在江阴读书时，他听说过河豚的美名，总想一尝，奈何未能如愿。多年后写诗说："六十年来余一恨，不曾拼死吃河豚。"这就是汪曾祺啊，为了一顿河豚，能念念不忘六十年。

他不光爱吃，还爱做菜，做的都是家常美食，拿手菜是水煮干丝和罗汉斋，吃过的人都叫好，家里人却说："老头儿写得比做得好吃。"

我常想，一个能把家常小菜都写得如此有滋有味的人，他的生活一定同样有滋有味吧。

他还是个"酒鬼"。

女儿汪明称他是"泡在酒里的老头儿"，对酒来者不拒，白酒、黄酒、啤酒、洋酒都行。施松卿这方面管他管得挺严，以至于他馋得连料酒都偷喝。

有一次，他胆囊炎发作去医院挂急诊，医生诊断说这病与烟酒无关。他开心得满脸笑成了一朵花，对着家人朗声宣布："我还可以喝酒！"到底还是因喝酒过多，患了肝硬化，后引起消化道大出血而离世。

对于汪曾祺的评价，我最喜欢编剧史航的说法，汪曾祺是个老福尔摩斯，是个针对美的侦探。多少少见的东西，少见的美，被他记录下来，作了呈堂证供。他写文章，只思甜，不忆苦。

汪曾祺曾送过宗璞一幅牡丹，画上题有一首诗：

人间存一角，聊放侧枝花。
欣然亦自得，不共赤城霞。

这正是他的夫子自道。他的文章就像一枝烂漫的山花，静悄悄地开在少有人烟的角落，偶有人经过，静悄悄地观赏一回，忍不住赞叹一声：真美啊！这就足够了。

其实不仅仅是汪曾祺，沐浴着旧时月色的不少老派文人身上都流淌着诗意。当我接触到他们的故事，不断涌现在心头的也是这两个字——诗意。他们身逢政治上极为动荡、社会上极为苦痛的时代，精神上却相当解放、相当自由，他们的诗性是融入血液中、刻入骨子里的。

对于他们来说，诗意首先是一种生活方式。他们看夕阳、看花、听雨、闻香，喝不求解渴的酒，吃不求饱的点心，真正实现了生活的艺术化。

徐志摩会在雨中等彩虹，金岳霖会用硕大的水果代替鲜花来装点家，赵元任会用家中的碗碟来演奏音乐，刘文典会专门等一个月夜来跟学生上一堂讲《月赋》的课……什么是真正的艺术家？正如木心所说，真正的艺术家，就连生活都是艺术。

诗意还是一种感受力。一个心中有诗意的人，他未必一定会成为诗人，但一定善于发现这世界的美，善于捕捉藏在日常生活中的诗意。

懂得享受生活的人，大多数不仅有一颗诗意的心，也有一双诗意的眼。沈从文被下放到乡下，每天有干不完的农活，仍然喜滋滋地写信给黄永玉说："这儿荷花真好，你若来……"

抗战期间，梁实秋住在重庆歌乐山一栋非常简陋的房子里，老鼠和蚊子横行，他却自得其乐，美其名曰"雅舍"，认为雅舍"最宜月夜"，住在山上，正好赏月，因为地势较高，得月较先，月亮的清光从梨树间洒下来，尤为清幽绝俗。那些深具文人雅致的《雅舍小品》，就是在这间陋室里写出来的。

苏轼有句词说"人间有味是清欢"，对于旧时的文人雅士来说，不管生活境遇如何变更，总是固守着对生活的一种情趣，而这种闲情清欢，已慢慢消失在光阴的尘埃之中。

诗意更是一种豁达平和的心境。拥有这种心境的人，方能从世俗的生活中超脱出来，拥有片刻安宁。所谓境随心转，此心自在，则无处不自在，此心喜乐，则无处不喜乐。

夏丏尊说李叔同："在他，世间竟没有不好的东西，一切都好，小旅馆好，统舱好，挂褡好，粉破的席子好，破旧的手巾好，白菜好，莱菔好，咸苦的蔬菜好，跑路好，什么都有味，什么都了不得。"

李叔同教导过的丰子恺，也继承了老师的心境。丰子恺的大半生其实是在战争、动乱中度过的，曾多次逃难，他却豁达地称之为“艺术的逃难”，在流亡之中，他虽然失去了熟悉的家园，但无论去到哪里，他都能找到心灵的家园。变幻可以摧毁他的“缘缘堂”，却无法夺去他手中的笔。

这种久违的诗意，一度曾是镌刻在中国人骨子里的文化密码。

众所周知，中国曾是一个诗的国度。从远古的《诗经》，到唐时的诗宋时的词，诗性已经注入我们的基因中。所以作为一个中国人，几乎没有人不向往一种诗意的生活，正如王小波所说，一个人只拥有此生此世是不够的，他还应该拥有诗意的世界。

从陶渊明开始，中国的文人都在致力寻找一个精神上的桃花源。可汪曾祺、沈从文们的故事告诉我们，只要心存诗意，随处都是桃源，尘世即是天堂，他们曾经真正诗意地栖居于这块土地之上。

人的一生，活着只是基本目的，我们还要追求活得美，活得诗意。没有诗意的人生是干涸的，有了诗意的滋润，生命才能够以优美的姿态自由地舒展。

作为一个浮躁的现代人，偶尔读读汪曾祺梁实秋等人的文章，了解他们的生平，正是为了重拾久违的诗意。好的文艺作品就是有这种魔力，它能够激活一个人心中的诗性，让你在实用的生活之外，逐渐靠近审美的生活。

年少时读的书，会塑造你的灵魂

2018 年 10 月 30 日，我清楚地记得那一天，突然传来了金庸去世的消息，开始还以为只是传闻，后来很快被官方确认。

怎么形容那种复杂的心情呢，先是有点慌，然后心中一恸，就像金庸小说中常常形容的那样，胸口仿佛被人锤了一锤。看到他的头像变成了灰色，泪水毫无征兆地就流了下来。几个久未联系的朋友给我发来了慰问消息，他们肯定也知道我此刻一定很难过。

不仅是我，我的朋友圈里早已经哭成了一片：

朋友虫子，男，年近四十，说他“猝闻噩耗，泪流满面”；

网友盈盈，女，早已为人妻母，说她“在人潮汹涌的街头上哭成了狗，路人还以为她家人过世了”；

朋友刘国重，头号金迷，说他得知这个消息时，“瞬间泪目”；

网友 Cindy，没心没肺的 90 后少女，说她“生平头一次为一个素未谋面的人逝去而流泪”。

……

放眼望去，好像全国人民都在为先生的离去而心痛，六神磊磊说他听到消息时正好在外面吃饭，出来后连车都不知道怎么挪出来了，一辈子都没有这么慌乱过。作家匪我思存说她号啕大哭了一场，写了那么多的文章，忽然连一篇悼念先生的文章都不知道从何写起。

这里我不想讨论金庸的文学地位和影响力，只想探讨一个问题：为何金庸去世了，作为读者的我们会如此难过？

94岁，按这个岁数来说应该算是喜丧了，我们却还是心痛难抑。是真的心痛，而不是矫情，一连几天，我都处于茫然若失、嗒然若丧的状态，觉得有什么东西失去了，而且是生命中极为重要的一部分。

我在朋友圈里写下了一段话：“很久以前，就听说过金庸先生身体状况大不如前，据说和马尔克斯是同样的症状，但真的得知他去世的消息，还是难以接受，突然体会到了韦小宝在陈近南去世时那种沉痛的心情。我只能选择相信，在另一个世界里，他获得了前所未有的宁静，在星空下，在大海里，在母亲徐禄的怀抱里。”

编剧史航则说，他的心情就像杨过同时失去了欧阳锋和洪七公。

看到这句话，我突然明白了，为什么同样是金庸的读者和粉丝，对他的感情却大不一样。这种感情的深度，可能取决于读金庸的时间是早还是晚。那些因他去世而痛哭失声的读者，往往是在少年甚至童年时期就开始读金庸，接触得越早，感情就越深，而那些迟至成年后才读金庸的读者，纵使对他的作品再钟爱，可能也不会难过得如丧考妣。因为他们读金庸时世界观和人生观已经成形，老爷子对他们的影响力远远没有那么大。

以我为例，我记得只有八九岁时，就听妈妈说过《连城诀》的故事，凌霜华被父亲活埋的情节对我冲击实在太大了，至今还记忆犹新。十岁时从堂叔那里借到一套《天龙八部》的残书，完整的只有第一册，反反复复地看了无数遍，惊异于世界上居然还有如此好看的小说。到初中时，我已经通读了所有的金庸小说，《射雕英雄传》《天龙八部》这几部至少看了五遍以上，较冷门的《连城诀》《侠客行》也看了两三遍。

可以说金庸就是我精神上的父亲，是他的小说塑造了我，我有过很多老师，却从未有任何一位老师给过我这么大的影响。我们这些看着金庸小说长大的孩子，潜意识中已把他当成了自己的恩师和义父，有朋友说“生我者父母，育我者金庸”，育是指精神上的养育，这个说法并不夸张。我们对人生和世界的看法，很大程度上来源于金庸，是他，给了我们一个江湖梦和一颗侠客心。

作为我们年少时痴迷过的作家，金庸确实改变了很多人的人生轨迹，网友夏小嫣发了这样一段话：

要说是金庸改变了我的人生都毫不夸张：如果不是看了TVB的83版《射雕英雄传》，我就不会追着看他所有的书；不看他的书，就不会混迹新浪金庸客栈，更不会写新浪博客，也不会出书，不会写那么多年的微博；如果没有这些年在博客和微博上积累的人气，我想我也许会做一个安于现状、在平静乏味的生活中终老的主妇。当然，那也可能是其他的结局——我有可能更好，有可能跟眼下差不多，也有可能很糟糕。但那是另一个人生，我不知道，也无从知道。

我仍旧会像眼下一样认真地活着，少年时的江湖已经远去，可我中年的江湖才刚刚开启。我要簪起发髻，长剑在背，一步一步地接着走下去。江湖，一直都在。

我和小嫣姐的情形类似，如果不是痴迷金庸的话，我就不会混迹于天涯与豆瓣，可能也不会走上写作这条路了，他是我文学路上的引路人。

即使从事的是和文学毫无关系的工作，这种影响也依然在，马云就在悼念金庸的文章中写道：“若无先生，不知是否还会有阿里。要有，也一定不会是今天这样，几万人一起痴痴颠颠——创业，便要做别人做不得之事，侠之大者，为国为民；做人，便要至情至性笑傲江湖；朋友，便要肝胆相照至死不渝……只因先生这样写这样说，我们便这样信了，便这样做了……正直，情义，担当，洒脱……我们努力活出先生教会我们的模样。惟愿，家国情、侠客梦、浩然气，融入阿里血液，化为百年精神……变成先生留在这个世界的另一种遗产，走完102年。”

是的，家国情、侠客梦、浩然气，这些已经融入我们这些金迷的血液里，只因我们和金庸小说相遇得足够早，先生用十五部惊才绝艳的小说，为我们提供了足够享用一生的精神滋养。

我始终相信，年少时读过的书，真的会塑造我们的灵魂。三毛说：“所有的人，起初都只是空心人，所谓自我，只是一个模糊的影子，全靠书籍绘画音乐电影里他人的生命体验唤出方向，并用自己的经历去填充，渐渐成为实心人。”

当我们还未成年时，灵魂和肉体一样都正在发育中，你给灵魂吃什么，它就会形成什么样的面目。等到成年之后，灵魂和肉体一样已经基本定型，这个时候你读的书、看的电影起到的是继续补充养分的作用，但你灵魂的骨骼已经成形，所能做的无非是往其中填充血肉，使它更加丰盈充沛。

正因如此，我们对年少时读过的书、喜欢过的作家往往有着特殊的感情，那是我们少年时期灵魂的重要养料。**一个人的精神成长史就是他的阅读史，最初的阅读无形中决定了我们一生的价值取向。**

我有个朋友最近刚从体制内辞职，论及原因要追溯到他中学时的阅读，那年他读到了王小波的杂文集《一只特立独行的猪》，当即成为忠实的王小波粉丝，决定要过上特立独行的一生。有这种价值观的人，自然是不愿意被体制所束缚的，逃离体制也是迟早的事。

很多人都有能够影响其一生的作家，少年时爱读三毛的人，骨子里都有浪迹天涯的梦；从小就爱读《红楼梦》的人，内心深处都以为自己就是大观园中人；拿阿西莫夫当启蒙的人，一辈子对世界和宇宙都保有着好奇心；看着《哈利·波特》长大的孩子，遇到困难时总会鼓励自己勇敢一点。

我们降生时都是一张白纸，某种程度上，是年少时读过的那些书在这张纸上涂抹上了最初的底色。许多年后，尽管我已经不读武侠小说了，却仍然难忘最初的怦然心动。这样的心动，只存在于年少时。

遗憾的是，不是每个人都能在很小的时候就遇到影响自己一生的书和作家，很多孩子除了课本之外根本不被允许看任何课外书，这样做的后果是他们灵魂的成长速度远远跟不上肉体，很可能肉体已经茁壮成长了，灵魂还是一片空白。

如果你有过这种遗憾，千万不要再让孩子重复这种遗憾。不用担心读多了课外书会被带坏，多数孩子天生就有甄别能力和向善之心，金庸的武侠小说当年也被家长们视为大忌，现在看金庸小说的孩子们长大了，他们并没有学小混混们打打杀杀，反而比其他人多了一份侠气。

说个小段子吧，当年杭州电视台做了一个测试，让人去街头撬窨井盖，看有没有人会站出来制止，结果只有一个年轻人挺身而出，指着他们怒斥“你给我抬回去”！

此君生得骨骼清奇、面目独特，正是还未成名时的马云。大家都知道他是阿里巴巴的创始人，其实他还有另一种身份，那就是金大侠的传人。

没有人生能一劳永逸，也没有人能一瘦到底

我出生在一个全家都是胖子的家庭，继承了爸妈的易胖体质，所以从小就有点婴儿肥。二十来岁的时候，因为感情上不顺心，刷地瘦成了一道闪电，市面上最小码的衣服，我也能穿出仙风道骨的味道来。

三姑六婆们见了我就叨叨叨：太瘦了不好，太瘦了贫血，太瘦了身体差，太瘦了生不出孩子……我被她们唠叨得两耳滴油，横下一条心想，那就吃呗！

因为瘦过，所以有恃无恐，总觉得体重上升的空间还有大把，于是拼命地胡吃海喝。年轻的时候消化好，一开始确实食量惊人身形还是照样纤细。我心中窃喜，暗想：真好啊，居然无意中修炼成了怎么吃也吃不胖的体质。

回想起来，我只想送二十几岁的自己五个字：很傻很天真！

如果你像曾经的我一样，还停留在怎么吃也吃不胖的幻境中，作为过来人我得告诉你残酷的现实：现实就是根本不存在什么吃

不胖的人，如果你不胖，多半是因为你吃得还不够多。

这么吃了几年后，到二十五岁时，我的体重已上升到了正常水平，从一个穿XS码的苗条女孩，长成了一个穿M码的微胖姑娘。

我在微胖界停留了比较久，直到我怀孕，生小孩，体重开始噌噌地往上涨，以至于怀孕前的衣服完全塞不进我庞大的身躯了。那时我才知道，之前老说自己胖是多么矫情，等你真正胖起来时，你压根就不愿意提胖这个字，更恨不得全世界都忽视你胖的事实。

真正的胖是什么感觉？就是你从来不敢在洗澡的时候照镜子，看到任何能反光的物体都会自动避开；就是你对逛商场完全失去了兴趣，因为受不了售货员老跟你说“抱歉哦这件衣服没有你能穿的码”；就是你淘宝的关键词永远集中在“显瘦”“大码”这些词汇上；就是衣柜里清一色的黑乎乎，因为你恨不得穿件隐身衣在身上……

人们都在说胖没什么，可作为一个真正胖过的人，我很想告诉大家，胖真的很影响心情啊！**胖子总是容易自我厌弃，我们讨厌的不只是身上的肥肉，更是肥肉背后那个无法自控的自己。**

本来我胖着胖着都习惯了，暑假时心血来潮，披着一身肥肉去参加同学聚会，结果被我们班男生大大地打击了。厚道点的男生说：“看来城里的生活就是滋润啊，把你养得好啊。”嘴贱点的就直接损我：“你就这样子出来见人，简直是完全不尊重男生啊。”

天呐！就因为我身上肉多点，看起来目标明显点，就拿我当众矢之的吗？胖子的人生啊，实在是太艰难了！

就是那次聚会后，我痛下决心，一定要减肥！

活到三十多岁，这还是我人生中第一次正式减肥。以前嘴巴里也嚷嚷过要减肥，那纯粹是过过嘴瘾，买过减肥药，吃了拉肚子后就没再吃，买了减肥贴，放在那儿压根没动过。

决心减肥后，我首先把这些过期的减肥药、减肥贴都给扔了。我知道，当你真想做一件事时，是不能依赖外力的，你只能靠自己。

我身边也有一些减肥成功的例子，大多采取了相当极端的方法。比如我有个男同事，采用了蛋白粉减肥法，9 天内只喝蛋白粉泡的水，其他什么食物也不吃，如此持续了 9 天后，一下就甩掉了十几斤的肥肉。后来我问他饿吗，他说还好，只是头晕得很啊。

要我 9 天不吃不喝，完全靠蛋白粉为生，真的做不到。我仔细考虑了下，决定采取一种较为保守的减肥方式：节食 + 运动。

我是摩羯座，熟悉这个星座的人可能都知道，摩羯是一个相当自律的星座。比方村上春树就是典型的摩羯座，几十年如一日地坚持长跑，几十年如一日地早起写作，作为一个文艺工作者，比不少科学家还要自律。

于是，我拿出摩羯座的自律来严格执行减肥计划。

首先当然是管住嘴。请记住，少吃是关键，如果吃得太多，一天运动两小时也白搭。我减肥期间一般是这样吃的：早上一碗麦片粥或红豆粥，配一个小包子；中午小半碗米饭，可以适当吃点菜，鸡鸭鱼肉都能吃，记住只能吃几口；晚上有时是一份水煮青菜，有时是一个苹果。

一个原则就是少吃，不管吃什么，量一定要少。吃素的确能减肥，我减肥头两个月很少沾荤菜。但如果素菜、水果之类吃太多肯定也是减不了肥的，不信你看看农民养的猪，天天吃素，一吃就是一大盆，什么肉也不沾，照样肥嘟嘟。还有晚餐特别关键，晚上这顿一定要少吃，能不吃最好。

其次就是迈开腿。听朋友说跑步是最有利于减肥的，可惜我跑了两天就扭伤了半月板，只好作罢。

我的运动方式是快走加跳操。我跳的是最普通的那种郑多燕全身有氧操，感觉这套运动量比较适中，跳下来不累。我最开始跳只能坚持二十几分钟，后面那两组下蹲动作完全做不下去，跳了不到一个星期，就能轻松跳完了。

这对于一个运动残废来说，简直是莫大进步。我以前总觉得生命在于静止，能躺着就不坐着，能坐着就不站着，上学时八百米从来没跑完过。现在居然爱上了运动后大汗淋漓的感觉，所以说，永远不要给自己的人生设限，不去尝试的话，你会错过很多美好。

那两个月里，我晚上从来没有吃过一口主食，不管一天下来有多累，都会坚持跳半个小时郑多燕。就这样两个月下来，我的体重下降了十几斤，基本回到了正常水平。后面两个月恢复了正常饮食，晚上依然少吃，又减了几斤。

听上去是不是太轻松了？只有实施过减肥的人才知道，要完全做到“管住嘴，迈开腿”有多难。节食最难克服的不是饿，而是馋，任何事物都会让你联想到食物，我记得我在金钟水库快走时，闻到两旁热带植物的清香，瞬间感觉空气中都是香茅鸡、薄荷牛肉、迷迭香煎肉的浓香，馋得直咽口水。

减肥中最大的障碍是体重没办法一路向下，总会有停滞，甚至反弹。我的经验是这个时候不要急，仍然按着自己的节奏来，该饿饿，该动动，过了几天，体重秤会给你惊喜的。偶尔放开了吃一顿，体重可能会猛升，我就试过，外出吃一顿火锅胖了三斤，那第二天就不要吃，清清净净地饿上几顿，马上瘦回来了。

现在我的减肥大计可以说接近成功了（我个人觉得体重还有下降的空间），又能重新穿回S码的衣服了，朋友们见面都夸我瘦了美了。我已经成功体验到了体重120斤和100斤的人生是多么不同，尽管没有再瘦成一道闪电，已足够让我找回自信。在此之外，减肥教会我最重要的事就是克制。

年轻时候是不懂克制的，什么都要任性而为，吃过量的食物，付出过量的爱，投入过量的力气。过了三十岁后，才知道克制的可贵，克制就意味着你可以控制自己的欲望，而不是被欲望所掌控。没有什么比身材更能够体现人的自控能力，如果你控制不了体重，要么是你的人生已经失控，要么就是你从心底里不在乎体重。这没什么，能够摆脱对身材的执念，何尝不是一种自由。

那我现在是不是就可以敞开肚皮该吃吃、该喝喝了呢？

请记住，胖子不是一天吃成的，如果还保持以前的饮食习惯，不出半年，就会胖成原状。这也是为什么那么多人减肥后疯狂反弹的原因。

胖子的饮食结构基本大同小异，以我家为例，都是偏爱重油、重荤、重口味的食物，我小时候最爱吃的就是猪油渣炒老干妈，还有鸡油捞饭，辣子炒鸡中的油汤，全数淋到白米饭里，听起来就很好吃是吧，可是最好吃的食物往往就是最容易长胖的。

要想长期维持适中的身材，就得彻底调整饮食结构，少油，少荤，尽量清淡，把自己当成一只食草动物那样来养活。这样的人生是不是就了无生趣了？当然不是啦。只是叫你少吃，不是完全不吃，偶尔吃那么一顿，简直好吃得要哭出来。

你要知道，从来没有什么一劳永逸的事情，减肥如此，人生更是如此。

世界这么大，去吃吃看吧

去年三月的某一天，我的朋友圈被胖达和荷大的一篇文章刷屏了，他们宣布了一个惊人的决定：那就是一起裸辞，然后开着他们的小轩逸，从潮州开始，一起吃遍全中国！得知他们的英勇事迹后，整个朋友圈都沸腾了，世界那么大，谁不想去看看呢，可是愿意放下一切去看的人并不多，难得的是，真的有人这么做了。

人如其名，胖达和荷大是一对重量级的人物，两人体重加起来保守估计至少三百斤。没办法，谁叫他们都那么爱吃呢，两个吃货都爱旅游、爱美食，正是因为这些共同爱好结缘的。

荷大是资深的美食爱好者，平时总在朋友圈里晒各种好吃的，她可不像那样女明星一样玩假吃，晒出的美食都实实在在地落到了肚子里。还在很早的时候，她就萌生了一个疯狂的想法，那就是一边旅游一边觅食，吃遍全世界最正宗的各色美食。这个想法一直被现实压抑住了，她和胖达在一起后，偶尔提了一嘴。得知女朋友的梦想后，胖达什么也没说，而是默默地攒了两年的钱，

怂
你还剩多少头发？
摇钱树，怎么种？
今天你被催婚了吗？
咋摆脱穷忙人生？
老干部
文青

然后在某一天，突然掏出银行卡对荷大说：钱攒得差不多了，可以出发了。荷大也是个爽快人，第二天就递了辞职书，在父母的祝福和朋友的支持中开始筹划他们的吃游之旅。

其实得知他们的决定后，亲友们中也有持怀疑态度的，但胖达和荷达的价值观出奇地一致，他们对于人生的态度是重在体验，用荷大的话来说，好不容易找到一个愿意放下一切陪自己去走遍全中国的人，为什么不试试呢？年轻的好处就在于折腾得起，反正有大把时间，偶尔来个间隔年也没什么的，工作嘛，等回来后再找好了。好在父母都挺开明，还亲手为他们整理了行装，于是他们就赶在三十岁之前开启了这趟吃游中国之旅。

对于吃货们来说，世界上最浪漫的事，莫过于和你一起吃遍天下美食了。所以他们在出发前，先在地图上标注了一百多个城市作为此行的目标，什么成都啊，潮汕啊，用他们的话来说，都是些好吃得不得了的地方，属于这辈子不吃会后悔终生的必吃之地。这张地图简直是吃货们的福音，那可是一张货真价实的美食地图。很显然，和其他人的自驾中国不同的是，作为资深吃货，美食往往比美景更能吸引他们。

他们初步预计花上一年时间，从广东出发，杀入福建，直入大江浙，然后再一路西行。作为两个只上了几年班的年轻人，他们的积蓄不算多，好在还没出发前就已经有朋友托他们代购土特产了，荷大灵机一动，决定开通一个公众号，她文章写得不错，胖达正好会拍照，一路上写写游记，顺便卖卖沿途的土特产，没准就能贴补下旅费。雷厉风行的荷大当即注册了一个公众号，名字就叫作“远方诱惑”，发出的第二篇文章《我们要去环游中国啦》就成了圈内的爆文，阅读量迅速飙到了几万，一天之内，原本只有两位数关注的公众号突然多了两千粉丝，都吓了他们一跳，瞬间以为自己就要红了。

作为我朋友圈的两大新晋红人，胖达和荷大就这样在万众瞩目中出发了。第一站就是潮州，潮州的美食在粤菜爱好者心目中绝对可以排入前三，什么八合里的牛肉火锅，官塘的卤鹅，镇记的牛杂，以及各种现切的生鱼片，早令他们向往已久，所以想都没想就将这里列为此行的首发站。潮州的美食果然名不虚传，荷大来到这就两眼放光，拿出气吞山河的架势一口气连吃了三天，什么预算啊下一站啊都被抛到了脑后，胖达忍不住打趣她说：“照你这种吃法，我们很可能是第一站潮州，最后一站潮州，然后千金散尽，打道回府！”

当然只是开开玩笑啦，前面还有那么多好吃的，荷大怎么舍得打道回府呢。他们迅速调整了自己的开支，决定以后只住民宿或者青旅，太贵的景点挑一些去就够了，至于吃的方面，那是绝对不能打折扣的，只要是沿途经典的美食，即使千金散尽也非尝不可。

同为吃货，我很喜欢看他们的公众号，因为他们写的游记，几乎满屏都是各种好吃的，我总是一边流着口水，一边无比地憧憬着他们尝过的美食，荷大的文章配上胖达的照片，称得上色香味俱全，这可能是我看过的最能引起饥饿感的公众号了，读他们的图文，仿佛能让人亲自领略到潮州的手打牛肉丸有多Q弹，厦门的土笋冻有多滑牙，凯里的红酸汤有多开胃，霞浦的海鲜有多鲜美……

事实证明，他们真的无愧于“吃货”这一称号，一个真正的吃货，就得和他们一样，有个吃嘛嘛香的好胃口，什么都爱吃，什么都敢吃，大嘴能吃四方菜，每到一个地方，都要品尝当地最正宗的特色美食，南甜北咸东辣西酸，都能够吃得津津有味，这样的人，才配得上“吃货”两个字。

不过几个月过后，他们的更新频率明显降低了，我心里暗自生疑，莫不是沿途出了风波，真的半路折回了？一天我斗胆找胖达询问，谁知这家伙竟没心没肺地对我说：“没有啦，就是光忙着吃去了，都顾不上更新了。”

他兴致勃勃地向我介绍他和荷大的近况，半年下来，他们已经走遍了大半个中国，最大的一片区域只剩下东北三省了。我问他哪里最好玩，他说这个一时想不起来，但说起最好吃的地方，他马上如数家珍：“我的前三甲分别是成都、喀什、西双版纳，排名不分先后。”

在成都，他们整整吃了半个月的火锅，吃到最后从里到外都是火锅味儿了才罢手。在喀什，他们吃到了生平吃过的最好吃的烤肉，对于爱吃肉的胖达来说，天堂的样子就是喀什这样的，“你想想，在喀什一边撸着串一边看着漂亮的维吾尔族姑娘从你面前袅袅婷婷地走过，偶尔露出好看的小腿，多美啊。”而浮现在我面前的，是小眼睛的胖达两眼色迷迷的样子，画风顿时变了……

在西双版纳，他们开车经过热带雨林时车陷进了山林里，两个人费了九牛二虎之力才合力把车推出林子，可他们却说此行绝对值得，因为吃了太多以前没吃过的特别的美味。比如泡鲁达，一种混合了椰香和奶汁的甜品，那滋味，比他们在满记吃过的任何一种甜品都更销魂。还有各种烧烤，都是用香茅烤过的，吃起来令人口齿留香。

胖达是个卷头发、眯眯眼的回族青年，长得颇有几分异族风情，会说回语，还会几句简单的藏语，此行中他们一路走过了云南、西藏、新疆等地，每到一处，他都靠着语言优势，和藏族、维吾尔族、白族、哈尼族各族同胞称兄道弟。维吾尔族同胞和他一起吃烤肉喝酒吹牛，藏族同胞拿出自家做的酥油茶招待他，在西双版纳哈尼族聚居的地方，甚至有热情的哈尼族人非得邀请他们去家里做客，还专门做了一桌家常菜招待他们，让胖达直感叹：“少数民族兄弟们实在是太淳朴了。”

大才子钱钟书曾经在《围城》里说过，情人们结婚前应该一起旅游一次，为期至少一个月，一个月舟车仆仆以后，双方还没有彼此看破，彼此厌恶，还没有吵嘴翻脸，还要维持原来的婚约，这种夫妇保证不会离婚。

庆幸的是，走遍了大半个中国，胖达和荷大不仅没有彼此厌恶，反而愈发亲密了，吵嘴偶尔还是有的，不过还没有到翻脸的地步。正是在这种晃晃悠悠的旅途中，他们更加认准了对方就是自己的soulmate（灵魂伴侣），要知道，能玩在一起的人就很少了，而他们不仅能玩在一起，还能吃在一起，他们是彼此最合适的旅伴，最亲密的战友，以及最贴心的情人。胖达平时很喜欢看一档叫《侣行》的节目，节目中的张昕宇梁红携手横跨欧亚大陆，成了这对小情侣共同的偶像，他们和偶像夫妇一样，也认为最好的爱情不是终日彼此凝视，而是瞭望共同的远方。

他们的这趟吃游中国之旅还剩下东北三省，基本就算圆满了。谈到收获，胖达自嘲说："走了一百多个城市，潇洒了一年，也更加热爱工作了，因为钱花得差不多了。"下一步的梦想，自然是"吃遍全球"了，不过在此之前，他们准备找一份工作，好好干上十年八载，争取在四十岁之前攒够环球旅行的钱。

至此为止，这趟旅行听上去简直堪称完美，让我羡慕得眼红不已，一个劲地向胖达追问："就没有遇到过什么危险吗？"

“没有，倒是遇到了不少好人。”

“整天吃吃玩玩不会感到空虚吗？”

“当然不会，反而充实极了。”

“真的一点遗憾都没有吗？”

“有啊。”他发过来一个流泪的表情：“我们又胖了一圈，尤其是进入新疆后，整个人跟吹气似的涨了起来。”

哈哈，原来这样吃游一圈，增加的不仅有阅历，还有肥肉啊。看来想要将吃游进行到底，还真不是件容易的事，需要勇往直前的勇气，更需要勇于长肉的勇气，只有胖达和荷大这样对肉当吃的人，才称得上是真的勇士。

旅行太乏味？可能是你读书太少

暑假的时候去过一次故宫。

天气炎热，人心浮躁，游人们都有些不耐烦。在历代后妃像的展览上，导游正在讲解，一个彪形大汉忽然大声说道：“上当了，皇帝的老婆一点都不好看，皇帝住的地方也一点都不好玩。”

一片哄笑，我也不禁哑然失笑。

说实话，这位大汉还真的不是一个人，我妈前几年报了个老年团去北京，回来后发表感言，也觉得故宫是最不好玩的一个地方。她的原话是：“除了屋子，还是屋子，有个啥看头？”

故宫真的完全不值得一去吗？稍微具备一点明清历史知识，对古代建筑和文物稍有点兴趣的人，可能都不会这么想。

我有个在北京工作的朋友，是清史的爱好者，对故宫简直是百去不厌。看上去都差不多的房子，瞧在她眼里千姿百态，每一间背后都有说不完的故事。她可以告诉你，皇后入宫走的是哪个门，末代皇帝被赶出皇宫又是从哪儿出去的，哪间宫殿里分别住过哪些有名的后妃，等等。

上次我去故宫时，人最多的就是寿康宫，因为这是历史上的熹妃，也就是传说中的甄嬛住过的地方。小女生们对这个地方尤其感兴趣。

我到了故宫，最大的感触就是自己书读少了，若能够对建筑和历史有更深入的了解，想必此行会收获更多。

都说书到用时方恨少，其实书到玩时也恨少。台湾的龚鹏程是个天杀的才子，就写过一本书叫《书到玩时方恨少》。

很多时候我们觉得旅途太乏味，风景太单调，很可能只是因为我们书读少了，看不到风景背后蕴含的意味。

古人常说读万卷书，行万里路。在我看来，有了万卷书的学养后，才能更好地行万里路。正如龚鹏程所说，如今出来旅游的人，不计其数，如果不懂宗教史、美术史、建筑史及音乐史，到底要看什么呢?

从书中获取的知识可以让风景增色。

有次和老公一起去苏州玩，在他看来，所有的园林都大同小异，实在没有必要一去再去。拙政园他觉得就是个大花园，这边有一个亭子，那边又有一个，看多了就审美疲劳了。

他不太理解，为何一扇窗，一处题词都能让我激动不已。可对于我这来说，这里可是传说中的大观园的蓝本，见到“秫香馆”，便会想起李纨所住的“稻香村”，见到“花溆”，便会想起“蓼汀花溆”，见到“留听阁”，便会想起林妹妹最爱的义山诗句“留得残荷听雨声”。

大观园到底是不是以此为原型还不可证，但可以证实的是，这可是张充和住过的地方，她还在溪上的兰舟里唱过曲呢。

从书中获取的知识甚至可以起到化腐朽为神奇的作用。

这一点杨绛先生一篇文章说得很好，有次她和钱穆一同北上，路过一片绵延起伏的大土墩子，她叹着气说：“这段路最乏味了。”钱穆却说：“这是古战场。”他还兴致勃勃地告诉她，哪里可以安营，哪里可以冲杀，经他这么一解说，杨绛顿时觉得，历史给地理染上了颜色，眼前的景物顿时生动起来了。

当然，阅读造成的先入为主也可能让旅行者对所见风景大失所望，但整体来说，多读些书还是能让人在旅途中感受到更多的乐趣。一个对佛教毫无兴趣的人，去了五台山多半觉得索然无味，因为满山都是寺庙，看上去长得都差不多；一个从未读过《红楼梦》的人，若去了北京兴建的大观园，估计会意兴阑珊。

有些旅行的乐趣，甚至非读书人不能体会。

我所喜欢的作家马伯庸马亲王就曾亲手设计了一条旅游路线，重走了一遍当年诸葛亮的北伐路，还取了个名字叫作“文化不苦旅”。

对于非三国迷来说，可能很难理解他为什么要花这么多精力金钱去走这么一段吃力不讨好的路，毕竟，以他现在的知名度，拿这个时间去干点别的什么都比这个赚钱。可人家马亲王自己说了：“就当是一次‘脑残粉’的朝圣之旅吧，开开心心地走走偶像走过的路，对我来说就足够了。人生已是如此艰难，旅行的意义，还是肤浅一点好。”

别人笑他太疯癫，他笑别人看不穿。

因为这件事，我更喜欢马亲王了。作为一个读书人，谁没梦想过再去重走一次文化偶像所走过的路线，也只有马亲王说干就干，开着车就出发了。

我曾经设想过要来一次侠游天下，也就是沿着金庸小说中提过的地方都走一遍。后来才发现，难度太大了，老爷子下笔信马由缰，写到的地方太多太广了。以《天龙八部》为例，此书从大理出发，到江南，再到中原，还涉及辽（东北）、西夏（西北），光是走完这些地方已经不易，更何况还有什么三十六洞七十二岛，不知道要猴年马月才能走完。光是金庸小说，就能开发出“天龙路线”、“射雕路线”、“倚天路线”等，我一度非常想去看北极光，就是想重走一下张翠山漂流到冰火岛的路线。

大理现在是文艺青年们的天堂了，在此之前，我总怀疑，去大理的基本都是金庸迷，对于我们来说，大理有没有风花雪月并不重要，重要的是，那里曾经有过段誉啊。

现在的人一富，都爱说什么深度旅游。其实提高旅游深度最便捷的办法就是，在去一个地方之前，多读关于那个地方的书。实在不行的话，带一本书去旅游也是个临时抱佛脚的好办法。

前阵子好朋友去新疆玩时，曾让我推荐一本关于新疆的书，我先是推荐了李娟和刘亮程的，想了半天，又加上一本《七剑下天山》。

别问我为什么推荐《七剑下天山》，都怪我读书太少啊。

像我好朋友这种自觉地想带一本书去旅游的人，已经实属难得了。很多人所谓的深度旅游，除了时间长些，吃的东西多些，其他的也就停留在到此一游走马观花上。

行万里路当然是件好事，但不是每个人都能在旅行中受益。毛姆的中国游记中就曾写过这么一个人，他走遍了世界各地，却依旧平庸无奇。毛姆的结论是，他的经历仅仅是肉体的，没有转化成心灵的体验。

对于大多数头脑空空的人来说，受限于学养和见识，旅行确实很难转化为心灵上的体验。龚鹏程干脆刻薄地说："一只鸭子走遍了全世界，回来后仍然是一只鸭子。"

有人可能觉得那有什么，那就不看人文景观，只去看看自然风景就行了。可也许读书和不读书的差别，就在于，同样是看到水面上有一群鸟，不常读书的人可能只会感叹：“哇，好多鸟，这些鸟好肥，真是太好看了。”常读书的人想到的却是“落霞与孤鹜齐飞，秋水共长天一色。”

不多说了，为了能够更好地领略祖国大好河山之美，我先去读书了。

我从不放弃行走的渴望，因为遥远的远方是故乡

人在旅途的最大乐趣，其实并不在于去参观那些万众瞩目的知名景点，而是在某个不知名的角落里，邂逅让你眼前一亮的风景，束河便是我云南此行最美好的邂逅。

距离大研（即丽江古城）不过7公里，就是束河古镇。那个下午，我们从古镇的后门进入，沿着一条五彩石铺就的大道走了进去。束河，这个昔日的茶马古道重驿，静静地矗立在高原8月灿烂的阳光下，沉默地迎接着我们的到来。

这里看不到丽江熙熙攘攘的人流，青石路上，只有三三两两的行人慢悠悠踱过，是的，如果说在丽江是被人群推搡着往前走，那么在束河，走路的速度就只能用一个踱字来形容了。相比起丽江的盛装哗众，束河还是养在深闺人未识，在蓝天丽日下展现出它最朴素的本来面目。作为一个外来游客，是不忍心打扰这位静好女子的，只能把脚步放慢，唯恐踏破她的安详和静谧。

或许每个踏上旅程的游客，都是为了在行程中遇到最让他钟

爱的那一片风景，有人钟爱戈壁沙滩，有人醉心椰林斜阳，每个人都有属于他的那杯茶，有个同事告诉我，他最喜欢的就是黄土高原，说实话对这点我一直不解。对于我来说，最爱的风景始终是杏花烟雨江南，所以不管到哪里，我都在寻找一种江南的感觉，江南于我，始终是心灵深处最向往的精神家园，如同桃花源之于陶渊明。

初次来到束河，我便感觉这是一个似曾相识的地方，在我的梦境里，曾无数次徜徉在这样一个小镇上。这里没有丽江的酒吧和艳遇，有的只是家家流水、户户垂杨的小桥流水风味，这里没有过分浓厚的商业气息，有的只是原住民悠闲自在的生活，无端让人生出想停留在此的感慨。

束河也有小四方街、四方听音广场和东巴谷之类的景点，但束河真正的魅力绝不仅在于此。这个位于两山之间的小镇，自古就被称为“清泉之乡”，清泉正是束河的灵魂所在。徜徉在束河的每一条街巷，都能看到清流潺潺，听到流水淙淙，相对于大海江河的浩瀚来说，我还是偏爱溪、潭、湖、泉，束河这个地方，就汇聚了溪之清澈、潭之清幽、泉之清冷以及飞瀑之清灵。无处不在的流水使古镇在宁静之外，又增加了几分趣致和灵动，整个小镇顿时鲜活妩媚起来。我总嫌现代城市设计太过生硬，也许就是因为很少有人在城市规划中引入活水清渠吧。

也许是离玉龙雪山更近些吧，门前屋后流淌的雪山溪水比大研的清澈许多，一束束的水草在狭窄的小溪中半浮半沉、荡漾跃动，在束河的柔波里，让人忍不住想化身为其间的一束水草。

九鼎龙潭是游束河不可不去的一个地方。跨过著名的青石桥，沿着石板路蜿蜒前行，就踏上了“寻龙之路”，且别光顾着赶路，这一路的风景绝佳，正是束河的精粹所在。路的左边是错落有致的纳西民居，右边是潺潺流动的一湾清泉，是块依山傍水的风水宝地。在路上，不时可以遇见当地的原住民，纳西族的老奶奶在路旁卖着 5 毛钱一个的新鲜葵花子盘，脸颊上有两朵高原红的摩梭女当户而织，尽管游人来来往往，她们却似乎一直停留在那个遥远的农耕时代，固守着他们原有的生活方式。

路旁的小店都很有特色，和青山碧水融为一体，记得有家饭馆，屋檐下垂下密密的水帘，连绵不绝地注入门前水涧中，可见店主的匠心。经过一个叫三眼井的地方，井旁的向日葵开得正艳，这里的井都分三眼，头井饮用，中井洗菜，下井涤衣，我看见有个小姑娘在下井里刷鞋，心里十分羡慕，在我小的时候，是多么盼望着能居住在这样一个水乡，和小伙伴在水里洗洗衣服、打打水仗，我的故乡虽然有水，却远不及这里。

一路沿水而行，大约半个小时就来到了清泉的源头——九鼎龙潭，潭清可见底，镜子般的潭面上依稀可见玉龙雪山的倒影，中有小鱼倏然而来，四周绿柳垂地，坐在石凳上，浓荫满身，遍地清凉，没想到在高原的赤日红尘中，居然还有这样一方清凉地所在。略坐了一会儿，我忽然想起了柳宗元的《小石潭记》，九鼎龙潭未必美不过黑龙潭，前者寂寂无闻，后者却因丽江而名声大彰，可见世上有多少美景，是被不识货的人们白白辜负和错过的，一想到这里，心中竟泛起了莫名的凄清。

幸好来了一对情侣，到潭边拍婚纱照，幸福的笑声冲淡了我心里的凄清。再往前走，人迹渐罕，我们独享了一会儿这无人赏识的美景后，便慢慢折了回去。

不可不介绍一下青龙桥，别看这是座普通的石桥，可大有来头，早在明代，徐霞客就曾在他的《徐霞客游记》中写道："过一枯涧石桥，西瞻中海，柳岸波萦，有大聚落临其上，是为十和院。""十和"便是今天束河的古称。这座留下过大旅行家足迹的石桥由此声名大振，纳西语称"吉阿桥"，意为"泉水汇集的桥"，又因它横跨在青龙河上，桥以河名，又称"青龙桥"，如今，烟柳平桥还是"束河八景"之首。

此行中最令我心醉神迷的一个地方，叫作"飞花触水"。小时候看过一部武侠剧叫《飞花逐月》，不知道编剧的灵感是否来自于此。

这里是束河的中心区，原本狭小的溪水在这里一下子变宽了，弯弯曲曲的流水从一座座木桥中淌过，两岸是美食一条街，食店挂着的红灯笼、黄玉米和高原的天光云影一同倒映在水中，相映成趣，街中竖着一块木牌，上书“飞花触水”，真是个点石成金的好名字。

此处的溪水是九曲八弯的，长这么大，我第一次见识到弯弯曲曲的小溪，S形的水流看上去分外旖旎，水面荡漾的云彩，草际浮动的风光，汇成一片流衍的生气，氤氲在九曲水流之上。水中游动着的鱼儿无比肥大，看外形和草鱼长得差不多，就是鳞片少些瞅着光滑些，一打听才知道，这就是传说中的虹鳟，平常看三文鱼片都是红红的，没想到活鱼是这个模样。据说用高山雪水养出的三文鱼格外肥美，店家从水里捞出来现杀现做，一鱼三吃，可惜我舍不得银子，错过了嘴边的美味。

美食一条街上散落着很多酒吧，几个白领模样的人坐在一张临水的桌子上，端着杯红酒慢慢品尝，杂志摊在膝盖上，半天也不见翻动。像这样的白领，在某个城市里，说不定就是传说中的“白骨精”，恨不得把每一分钟时间都花在刀刃上，而到了这里了，众生平等，不管是北上广的白领，还是没出过大山的摩梭女，我们大家的时间都变得无用起来，反正想快也快不起来，索性慵懒到底。

我在飞花触水处坐了很久，闲闲地看着高天上的流云，水里的游鱼，在某一瞬间，我确定自己灵魂出窍，上升到了物我两忘的境界。在丽江的日子里，属于束河的那个下午就和流水一样悠长，我记住了束河下午五点的阳光，晒在身上，暖暖的，却不热，那样的阳光和流水，让我在还没离开束河之前，已经开始怀恋束河的柔软时光。

对于束河，我的心情是很矛盾的。一方面，它是如此美丽，让我希望有更多的人能够见识到它的秀色；另一方面，它又是如此宁静，让我不想有成群的游客打破它的安宁。

但是我知道，终有一天，束河会像曾经的大研古镇一样，不可避免地走向商业化，以盛装华服的姿态来迎接趋之若鹜的游客。至少我应该庆幸，庆幸在它没有彻底被商业化之前，我曾经在这里默默地看了一下午的流云涧水。

每当我对人生厌倦时，就会想起张国荣

每年的 4 月 1 日，几乎都会被他的名字刷屏。

有些人不懂我们的痴迷，会愤怒地抗议说：“你们‘荣迷’烦不烦？每年都要悼念他，还有完没完？都十几年了啊。”

是啊，都十几年了。十几年的时间，足够你忘掉一个刻骨铭心爱过的恋人，为什么我们还是对他念念不忘？

下面就说说我，一个非典型荣迷怀念他的理由。

首先当然是因为他漂亮。

老实说并不是每个人都能懂他的漂亮，对于那些只爱肌肉型猛男的人来说，他毫无疑问长得太精致也太阴柔了。

李碧华用四个字形容他——眉目如画，这是我见过关于他的长相最贴切的形容。

我看过他的第一部电影是《纵横四海》，他双手插在口袋里，脸上的笑容比阳光还要明亮几分。当时就想，怎么会有这么俊美的男孩子，俊美得连风情的红姑在他旁边都显得有些逊色，到底

是要什么样的女人才配得上他。

后来知道他喜欢的是男人，第一反应是松了一口气，因为潜意识里觉得，没有女人配得上他。

最喜欢他的角色，不是程蝶衣，也不是何宝荣，而是《胭脂扣》里的十二少。程蝶衣太执着，何宝荣太浪荡，十二少则风流俊赏得恰到好处，至于软弱与薄情，既然上天给了他那么一张脸，为什么还得苛求他又果断又痴情呢？

他把十二少那种公子哥儿的调调完全演活了，因为他本质上就是一个公子。周润发是发哥，刘德华是华仔，只有他是“荣少”。

说他是公子，不仅是因为他出身小富之家，更因为他有着与生俱来的优雅与温柔。

优雅这个词已经烂大街了，但我还是觉得只有这个词最衬他。他的风度，他的品位都是无可挑剔的，他亲自设计了家里的装修，林夕参观过后大为惊叹，多次表示自己对生活的要求、对家私的选择以及一切美艺的培养，好多都是从他那儿来的。

比优雅更重要的，是他的温柔。

他对身边每一个人都很好，徐克就曾说过，“哥哥”这个昵称最适合他，因为他一看就是那种会照顾别人，而且把人照顾得很好的人。

电影《桃姐》里的故事在他身上真实发生过，他自小由佣人六姐带大，长大后则换他来照顾六姐，他曾买房子送给六姐，并公开说过，六姐在自己心目中早已不是工人，地位已超过母亲。

几乎没有人说过他的坏话，和他交往过的人都被他的温柔深深打动。天涯曾经有一个帖子，是荣迷搜集的他和粉丝交往的细节，连在粉丝面前，他都是那么体贴周到。

他的温柔与生俱来。而温柔，在如今是种多么稀缺的品质。所以陶杰才说，张国荣走了，世上就再也没有一个人可以演宝哥哥了。

我小时候是个狂热的追星族，迷恋过很多明星，奇怪的是，我只梦见过他，而且是反复多次梦见。

还记得第一个和他有关的梦境，是我们在酒吧里共跳一支舞，那支舞想必你们都看过——《东成西就》里他和梁家辉一起跳过的。

喜欢过那么多明星，可只有他才是我的梦中情人。真真正正的梦中情人，他满足了我对一个男人所有的想象。

曾经有个朋友问我为什么喜欢他。

我说：可能是因为他励志吧。

我不是说笑话，他是真的很励志。

他出道时，香港人还不懂欣赏他这种英国归来的洋派少年，人们常拿他和同期出道的陈百强做比较，结果，陈百强得到的是掌声，而他得到的是嘘声。

他有次唱歌时学人家明星把手里的帽子往台下扔，观众们没跟他客气，当场就把帽子扔回了台上，他硬是强撑着唱完了那首歌。

他演戏也不顺，被人骗去拍三级片，就是那部烂到爆的《红楼春上春》。还在吊威亚的时候捉弄他，让他撞得头破血流。和他搭戏的女星翁静晶回忆起来都说，张国荣那时候实在是太惨了。

衰到这个份儿上，搁其他人早退出娱乐圈了，可他偏偏要死扛到底。

这说明什么？说明他根本不像人们看上去的那样脆弱，那些认为他和他演的角色一样脆弱的人，实在是误解他了。

试想想，在娱乐圈这样的名利场，没有钢铁般的意志和强大的内心，如何能熬过那么多白眼和冷遇？

他熬过来了，并且熬成了天皇巨星。曾经嘘过他的人，终于把掌声送给了他。

“连张国荣都要熬十年”成了香港最励志的一句话，常被用来激励后生仔。而他本人，也成了香港精神的标志之一。香港精神是什么？就是那种挣扎着要活下来的勇气，那种默默争上游的努力，那种永不言弃的决心。

每当我遇到困难想要退缩的时候，就会想起他，和他曾经遭遇过的一切相比，我遇到的那一点点挫折又算什么呢。

想到他，我便有了继续熬下去的决心。

如果仅仅是把他当成一位励志偶像，那真是将他太过简单化了。他教给我更重要的事，是如何活出自我。

做回自己是他后半生的不懈追求。他原本可以继续扮万人迷，可以享受世俗的幸福和荣耀，只要他愿意。可是他拒绝再玩，他决意要做自己，不管在人前人后、戏里戏外。

能够做自己是一种福气。如果他还停留在成名前的那个阶段，拍着一些诸如《红楼春上春》的烂片，我相信，残酷的生活已磨尽了他所有棱角，他只能如你我一样，夹着尾巴在这世上混口饭吃。

在回归歌坛之后，他愈发锋芒毕露起来，因为自认有资格享受恣意任情的人生。看媒体采访他时，他还是那么低调，或者他只是低调地做自己，很不幸，即使是低调，也足以惊世骇俗。有些人生下来就注定背离主流价值观。

他穿高跟鞋，戴假发，在演唱会上扮女人，他不讳言自己的性取向，甚至在演唱会上向唐先生示爱。

曾经历过低潮的他，未必不知道世上原有这样的潜规则，有些事，私底下做做可以，却不可以说出来。兴许他已厌倦了这种潜规则，非不能也，乃不为也。

勇敢做自己的他刷新了人们对于很多事的看法：

通过他，我们发现，原来一个人可以不迎合主流价值观，依旧能够活得精彩；

原来一个人只要不伤害到任何人，是可以任性做自己的；

原来同性之间的爱情也可以如此坚贞如此美好，那个叫唐先生的人，是在他生命最低潮时认识他的，两人一起走过顺流逆流，从未松开过彼此的手。

他去世后，唐先生在送给他的花圈上，写着一行字：夜阑静，有谁共鸣。

可活出自我是要付出代价的。

不是每个人都懂得欣赏不一样的烟火。

他素来温柔待世界，世界却并不温柔待他，甚至回报给他满满的恶意。有人给他寄恐吓信，有人诅咒他会得艾滋病而死，甚至连电影节的评委也不能公正对待他。《春光乍泄》中他和梁朝伟一起入围，结果惜败，评委给出的理由是他本来就是同性恋，论演技输了一筹。

多年来他心里一直绷着一根弦，然后有一天，那根弦断了，他陷入了抑郁。抑郁症是种生理疾病，这个我知道。但我猜测，他之所以患上这种病，和多年来遭受的恶意不无关系。像他这样敏感抑郁的人，任何一点痛苦都会有所感应，他不管不顾地勇敢着，心里却未必是不痛的吧。

作为一个粉丝我常常觉得很无力，对于他来说，我们的爱太疏离，隔得太远，我们买他的唱片，看他的电影，但并没有办法给予他切肤的温暖。恶意才是无孔不入的。这更显示出他强大的意志，他分明是在以血肉之躯与全世界对抗。所以我发自内心地尊重他，这是一个从始至终都坚持做自己的人，哪怕真实的自己是个另类，哪怕注定得不到所有人的支持。

人人都说要做自己，实际上大多数人只想做完美的自己，而不是真实的自己，因为真实的那个自己往往并不光鲜，甚至会被主流排斥。只有他确实做到了。最后的离世，是因为生病，不是因为低头认输了。这样的结局，虽败犹荣。

人这一生，终难免一死，重要的不是死的时候如何死，而是活着的时候如何活。烟花虽然易冷，但它照亮夜空的那一瞬间，是多么的绚烂。

听说我喜欢张国荣，有朋友曾开玩笑说：你可不要学他那样不珍惜生命。我笑着摇了摇头，不想和他争辩。

真正喜欢他的人，怎么会不珍惜生命呢，我们深知，他是一个多么热爱生命的人，正因为太热爱了，才不肯做出一丝一毫的妥协。

不用担心我们荣迷，喜欢他绝不会让我们颓废、阴郁、一天到晚想自杀，对于我们这些人来说，他已经成了力量之源，每当我对世事感到厌倦的时候，就会想起他，想起曾经有这样一个人存在，我就会觉得世界还没有那么糟糕，人生还是值得继续走下去的。

每当我面临选择时，我就会想，如果是他，他绝对不会活成自己曾经最讨厌的那类人。

他去世后，一个资深荣迷曾经在天涯上连载关于他的电影帖子，那个荣迷网名叫的灰，《东邪西毒》英译名就叫作《时间的灰》。

的灰姐姐最新出版了一部长篇小说，内容完全和他无关，可在后记里，她郑重地写道：谢谢张国荣先生，没有他，就没有今天的我。

看到这句话，我的眼泪夺眶而出，这也是我想和他说的。

世上的明星那么多，只有他配得上我们的长情。

身为荣迷，我很感激曾经遇到过你。

多谢你，张国荣先生。

有个会拍照的男朋友，是什么体验？

知乎上有个秀恩爱的帖子，题主幸福满满地描述说，自从有了一个会拍照的男朋友后，就再也不用担心她的小短腿和大圆脸了，男朋友的出现，挽救了她用美图秀秀也修不好的圆脸。即使隔着电脑屏幕，仿佛也能看见她一脸开心的甜笑，评论里满满的羡慕嫉妒恨。

没办法，这年头有钱有颜的男朋友好找，可会拍照的男朋友真不好找。随手在旅游风景区拦住一个女生，十有八九对男朋友的拍照技术都有各种程度的不满。有个会拍照的男朋友是种什么体验几乎没有人知道，可有个不会拍照的男朋友是种什么体验多数女生都能说一长串。

女生 A：我身高一米七，可是在男朋友的镜头下却成了短腿柯基犬！到底是什么样的技术，才能把一米七拍出一米四的效果来呢？

女生 B：和男朋友去意大利玩了一圈，结果人家拍的照片里我只有蚂蚁那么大，连我亲爹妈都认不出我了，最可气的是，他还振振有词地说，旅游照的精髓是风景不是人！

女生 C：为什么男朋友总是把我拍得那么丑那么老？看完他拍的照片后，我生平头一次对自己的长相失去了信心。

……

身为女生的我们，总是搞不清楚，男朋友们为什么总是能抓拍到我们最丑的那一瞬间？难道直男的审美真的为零吗？**对于女生们来说，世界上可能存在着两个我，一个是自拍中的我，另一个则是男朋友照片里的我。**

有个姐们儿曾开玩笑说，她看了男朋友给她拍的照片，瞬间就动了想分手的心。另一个姐们儿则说，她可不敢和男朋友分手，因为人家手机里还存着那么多她的丑照，要是一气之下全都发出来那就形象大毁了。

正因如此，如果能遇见一个会拍照的男朋友，那简直就是莫大的幸运了，这种概率约莫等于中五百万或者天上掉馅饼。纵观我的朋友圈，似乎只有小饼姑娘这样一个幸运儿，被天上掉下来的馅饼砸中了。

顾名思义，小饼姑娘有着一张圆乎乎的脸，俗称为“大饼脸”，她倒是富有自嘲精神，索性给自己取了个“小饼”的昵称，以示她的脸是小一号的饼，而不是大饼。在这个流行锥子脸的年代，顶着一张饼脸生存还是很有压力的，哪怕是小饼，所以小饼姑娘对自己的相貌是不大自信的，尤其不爱拍照，总觉得自己的脸在镜头下显得太大太圆。翻遍她的朋友圈，也找不到她本人的照片，只有晒美食和美景的。

我们有个户外群，每次出去徒步或登山的时候，一伙人兴致勃勃地拍着照，只有小饼姑娘退到一边，自愿充当背景板，叫她过来合影，她就说自己不爱拍照。久而久之，大家也习惯了她这种做派。

不过最近，小饼姑娘居然开始在朋友圈晒照片了，而且不是自拍照。照片里的小饼闲闲地靠在一间咖啡馆的墙上，侧着脸看着天上的流云，显得又慵懒又自在，咖啡馆的红墙将她的脸映衬得格外白皙光洁，脸还是圆圆的，但竟然好像散发着满月般的光辉。大家好像第一次发现，原来小饼的眉眼特别精致耐看，圆脸也很招人喜欢。

这张照片惊艳了小饼的朋友圈，朋友们纷纷点赞评论，有人夸她某个角度特别神似宋慧乔，有人问她咖啡馆的地址，但更多的人则是一个劲地说“这个摄影师真的好赞，求摄影师的联系方式”。面对朋友们的追问，小饼只发了个笑而不语的表情，很神秘的样子。

那之后，她又发过一组照片，发满了九宫格，这组照片和之前那张的风格类似，都是那种看上去十分自然，却又显得别有意境的。

当一个从不晒照片的人开始频繁地晒照片，而且是非自拍的照片时，到底是什么原因呢？女人都是天生的福尔摩斯，很快有人从这组照片嗅出了蛛丝马迹，推断出小饼一定是有男朋友了。

猜测很快有了实锤，因为小饼没多久就发了一张照片，照片里是两个人一起比出的心形，这相当于是官宣了，昭示着空窗已久的她终于恋爱了。

从那以后，小饼的朋友圈完美展示了有一个会拍照的男朋友是多么重要，和以前不同的是，现在她每次出去玩都会晒一组美美的照片，和其他姑娘精修过的美图不同的是，小饼的照片总是透着几分随意，她不会刻章地拗造型，照片后期也不会修得太过分，显得格外自然。尽管如此，她看起来比以前还是美得多了，一张天生的圆脸在锥子脸横行的朋友圈是那样与众不同，简直就是滚滚泥石流中的一股清流。

据我观察，小饼目前已成了朋友们最羡慕的女生，至少是最羡慕的女生之一，这年头女生想让人羡慕说难也不难，只要有个会拍照的男朋友，马上就会成为朋友们眼红的人，谁叫这是一个大家都活在朋友圈的年代呢。我闲来无事的时候，也会特意点开小饼的朋友圈去看她最近的街拍照，赏心悦目的人和风景谁不爱呢，看着就觉得养眼。

奇怪的是，小饼虽然发了很多自己的照片，她那位男朋友却从来没露过脸，虽然她已经成了大家心目中的街拍大师。我很好奇她男朋友究竟是做什么的，私底下曾问过他是不是专业的摄影师，如果是的话可否愿意帮我拍组照片。

小饼发过来一个尴尬的表情，告诉我说，他压根就不是什么专业摄影师，甚至连摄影发烧友也称不上，只是认识她之后才对拍照感兴趣的。小饼曾无意中对他提起过自己不爱拍照，因为不上镜，他一听就放在了心上，特意买了个适合拍照的手机，还在网上百度了如何给女朋友拍出美照的详细指南。从此后她走到哪儿都相当于随身带了一个私人摄影师，而且是最懂她的摄影师，每次一起出去旅游，他本人基本没照什么照片，因为光顾着替她拍照了。

他为她拍照的初衷，就是想记录下她最真实的样子，所以他很少让她摆拍，而是趁着她不经意时，拍下她的一颦一笑，一举一动。这样的话会不会拍到一些不怎么好看的照片？小饼笑着说当然也会，但他说丑的美的样子都是真实的她，他都很喜欢，当然发出来的都是相对好看的照片，不怎么好看的他也都保存在手机里，舍不得删。小饼对自己的圆脸没什么信心，他却说这种脸型特别可爱，后期修图的时候绝不会刻意修成锥子脸。

小饼的男朋友不仅会拍照、会修图，有时还会指导她摆 pose（姿势），有次他们一起去一家网红复古餐厅吃饭，人有些多，小饼略微有些拘束，手脚都不知道怎么放了，他却耐心地指导她“放轻松，低头看餐牌，不用看我，侧着脸看窗外，用勺子挡住脸”。惹得餐厅里的人纷纷向他们行注目礼，她甚至还听见旁边有个女生说：“上天啊，请赐我一个这么有爱心的男朋友吧！”那一瞬间，她的脸红透了，心里也甜透了。

这个女生说出了我们广大女性的心声，我们是羡慕小饼的男朋友会拍照吗？当然远不止如此，自从有了美颜相机后，拍照的技术含量远远没有以前高了，只要肯花心思，要拍出一张还过得去的照片并不算太难。问题的关键就是，我们大多数人的男朋友都不肯花心思，他们要么对拍照这一行为深恶痛绝，要么就敷衍了事，拍出来的照片丑得人神共愤。

一个会拍照的男朋友，带给女生的不只是几张美美的照片，更是那种被重视被珍爱的心情，小饼之所以变得越来越美了，正是因为她的男朋友给了她爱和自信，**爱就是最好的滤镜，一个被精心爱着的女孩子，怎么拍都挺好看的**。难怪她现在那么爱晒照片呢，这世上就没有不爱拍照的女人，当一个女人说她不爱拍照时，全因为她没有找到那个属于她的私人摄影师，能够捕捉到她最美的一面。

别小看拍照对女生的重要性，对于我们现代女性来说，一张美照足以让心情好上天，一组丑照则足以让心情跌到谷底。都说爱人眼中的女生是最美的，很多男生却把女朋友拍得那么丑，你对得起她花一个小时精心化的妆吗？

现在的男孩子总是抱怨女生太难追，其实根本没那么难，你可以没有房没有车，但你至少得拥有一样让女孩子开心的技能吧，比如说会拍照这样的技能对于男生来说绝对是个加分项，获得这项技能，不愁追不到女生。至于说起拍照就十二万分不耐烦的男生，你们活该没有女朋友！

人间烟火气，最抚凡人心

张爱玲在文中曾经提道：“从前相府老太太看《儒林外史》，就看个吃！”看到这里，天下吃货必定会对着书会心微笑。我看《金瓶梅》，就如那个老太太一样，注意力全放在吃上面。

都说《红楼梦》里的美食冠绝古今，可是公子小姐们吃得太过矜贵，他们吃螃蟹烤鹿肉，讲究的是文人雅趣，丝毫没有一点饕餮之相，吃在这里只是个由头，赏花吟诗才是重头戏。初读红楼，我好比刘姥姥进了大观园，惊叹世界上居然有这么多好吃的东西，连一只茄子都要拿十几只鸡去配它。不过贾府的茄鲞再美味，对于平民百姓来说总像隔了一层，只知道是很好吃很好吃的，滋味却无从想象，因为从来没有尝过。

《金瓶梅》中的饮食就不同了，出现频率最高的就是熟鹅、烧鸭、蹄髈、排骨、鲜鱼这几样，纯粹是市井的吃、世俗的吃，读起来毫无隔膜感，因为那些东西都是我们老百姓吃了几百年、以后还将一直爱吃的。有句话说，富了三代才吃穿衣吃饭，西门庆是个暴发户，在吃的方面不可能像宝玉那样诸多讲究，如果要看看平民骤然富起来了吃些什么，不妨去看看西门家的菜单。

我印象最深的一席菜，是有次应伯爵上门，西门庆招待他的那席菜。“先放了四碟菜果，然后又放了四碟案鲜：红邓邓的泰州鸭蛋，曲弯弯王瓜拌辽东金虾，香喷喷油炸的烧骨，秃肥肥干蒸的劈晒鸡。第二道，又是四碗嗄饭（即佐餐菜肴）：一瓯儿滤蒸的烧鸭，一瓯儿水晶膀蹄，一瓯儿白炸猪肉，一瓯儿炮炒的腰子。落后才是里外青花白地磁盘，盛着一盘红馥馥柳蒸的糟鲥鱼，馨香美味，入口而化，骨刺皆香。西门庆将小金菊花杯斟荷花酒，陪伯爵吃”。

鸭蛋虾米、排骨烧鸡之类都是寻常菜色，老百姓们再穷，逢年过节时总尝过。这席菜代表了最正宗的市井口味，大观园中的丫鬟菜单上都断断不会出现“炮炒腰子”这类菜，可各类内脏下水正是平民们的最爱。糟鲥鱼算是其中最金贵的一道菜，西门庆曾送应伯爵两尾鲥鱼，他舍不得一顿吃完，一尾送给哥哥，另一尾斩去中间的一段送给女儿，剩下的再打成窄窄的块儿，放在坛子里，逢有客人才舍得蒸一两块。

鲥鱼如此珍贵，西门庆府中居然家常备着。我猜想很多读者会像应伯爵一样，边流口水边在心里恶狠狠地说：“等老子有钱了，每天都让厨子备两盘鲥鱼，一盘自己吃，一盘留着喂猫儿狗儿！”

奇特的是，即使隔了数百年，这样的菜单依然让人备感亲切，说明人们的口味并没有太大变化。在中国，生命力最强的可能就是饮食文化，数百年前西门家的一席菜，仍然活跃在如今老百姓的舌尖上。

书中这样活色生香的菜单还有很多，有人专门为此撰写了《金瓶梅饮食谱》，据统计，书中列举的食品（主食、菜肴、点心、干鲜果品等）达 200 多种。茶 19 种，茶字出现 734 个，饮茶场面 234 次。酒 24 种，酒字出现 2025 个，大小饮酒场面 247 次。相比之下，小说里性事描写才 105 处。果然，吃饱了才能思淫欲。

我对《红楼梦》中的美食不大感冒，还因为公子小姐们的胃口实在是欠佳，黛玉是不必说了，整日恨不得喝风咽露，连口烤鹿肉也不敢吃，宝玉挨了打，只是记挂着“小荷叶莲蓬汤”，走的也是品位路线。大观园中唯一吃相可人的，要数刘姥姥、湘云和凤姐，刘姥姥自称“食量大如牛”，湘云是烤鹿肉的发起者，还寻思着想生吃鹿肉，凤姐的口味算是偏平民的，我总是惦记着她家滚热的野鸡崽子。

《金瓶梅》中几乎每一个人都是老饕，应伯爵、谢希大这些帮闲们的吃相就不必说了，每次吃起来都像风卷残云一般，西门大官人府中的几房妻妾，都是娇滴滴的美人儿，吃起来却和梁山好汉一样豪爽，讲究大块吃肉、大碗喝酒。有次吴月娘请众妾吃螃蟹，潘金莲还惦念着，光吃螃蟹有个什么意思，不如买只烧鸭来下酒。

第二十六回中，潘金莲、孟玉楼、李瓶儿三个人赌棋，下的赌注就是五钱银子。李瓶儿输了后，拿出银子买了一坛金华酒、一个猪头连四只蹄子，交给仆妇宋蕙莲整治。

宋蕙莲之所以名垂青史，和两桩事有关，一是因为她有次穿红衣服配了条紫裙子，西门庆实在看不过眼，找了匹蓝缎子给她做裙子穿，至今人们还以“红配紫，一泡屎”为鉴；二是因为她能用一根柴火烧出稀烂的好猪头来，潘金莲在开赌之前就垂涎已久，指名让她整治猪头。

且看这个史上最著名的猪头是怎样烧出来的：

（宋蕙莲）舀了一锅水，把那猪首蹄子剃刷干净，只用的一根长柴禾安在灶内，用一大碗油酱，并茴香大料，拌得停当，上下锡古子扣定。

不用两个小时，一个油亮亮、香喷喷、五味俱全、皮脱肉化的红烧猪头就可出锅了。再切片用冰盘盛了，连着姜蒜碟儿送到了李瓶儿房里，配金华酒喝正好。根据书中描写，这么一大锅猪头肉除了留了盘给吴月娘外，全是潘金莲三人享用了，胃口真是好得惊人。

这个猪头之所以美味，可能得益于烧前先抹料入味以及小火慢炖，潘金莲等人的口味好像和贾府老太太很像，都爱吃熟烂之物，所以再三强调这个猪头烧得如何稀烂。至于仅用了一根柴火，倒只是噱头而已。

所谓饮食男女，其实食欲和性欲是相通的，一般来说，食欲旺盛的人性欲往往也旺盛。所以西门家的男女不光一味好淫，还一味好吃，个个都显示出穷奢极欲的一面来。李瓶儿是出了名的千杯不醉，潘金莲最好的就是金华酒，吃什么都点名要配金华酒。我还纳闷古人怎么如此善饮，后来才知道，宋时大家喝的一般都是黄酒，味道甜甜的度数不高，每每家宴一饮就是一坛，李瓶儿就曾向潘金莲劝酒说“好甜的酒儿”，要是换了二锅头之类的烧酒，估计两瓶就放倒了一桌人。都说“酒是色媒人”，那也是甜甜的酒喝起来才更有情调更能助性。

据《格调》作者考证，越是下层人民就越爱吃辛辣味重之物。这条指南套在《金瓶梅》中还真能对号入座，书一开端，西门庆去王婆那讨茶喝，酸梅汤要放酸些，和合汤要放甜些，茶也要浓浓的，可见是个重口味。后来他更加发达了，口味上还是脱不了暴发户习气，他激赏过的酿螃蟹，里边酿着肉，外面裹着椒料姜蒜米儿团粉炸过，酥脆好吃，只是这样的做法，估计讲究的食客会叹惜暴殄天物。

其实《金瓶梅》中也有雅致的吃食，只是难成主流。让我念念不忘的，是潘金莲醉闹葡萄架那一回中，她和西门庆在花园纳凉，春梅送来了酒食果盒，盒上“一碗冰湃的果子”，揭开盒，“里边攒就的八槅细巧果菜：一槅是糟鹅胗掌，一槅是一封书腊肉丝，一槅是木樨银鱼鲊，一槅是劈晒雏鸡脯翅儿，一槅鲜莲子儿，一槅新核桃穰儿，一槅鲜菱角，一槅鲜荸荠；一小银素儿葡萄酒，两个小金莲蓬钟儿，两双牙箸儿，安放一张小凉杌儿上”。我别的不稀罕，唯独稀罕那一碗冰湃的果子。试想葡萄架下，清风徐来，再来一碗冰湃的果子，是何等惬意的事。

西门庆不过是清河县的一个富户，居然就能有此等享受。难怪俞平伯先生会说，古人的生活奢侈浪漫。这样的奢侈浪漫再难重演。

肆

长得太好看，如何与人相处？

为什么你处处讨好别人，还是没办法人见人爱?

听说《奇葩大会》邀请陈晓卿、蒋方舟等人来当嘉宾时，我一时竟有些惊异——这些人也太正常了吧！可看完节目才知道，看上去光鲜体面的蒋方舟，居然具有讨好型人格。

可能有人会说，讨好型人格怎么就奇葩了？那得看你到了什么程度，严重的话，就是心理疾病，得治了。以蒋方舟为例，她可以说是受尽命运宠爱了，七岁开始写作，九岁就出版了散文集《打开天窗》，长大后人生路也一帆风顺，读的是清华这样的顶尖名校，第一份工作就是《新周刊》的副主编。

这样一个得天独厚的天之骄女，却在节目中自曝，由于她成名很早，被同龄人排挤，同时又很早进入更成熟的圈子，使她总是需要用各种方式让别人接受自己。她说："有时在节目上采访知名人士，我明明觉得对方在胡说八道，但表面上还会说，××老师说的真是有几分道理。"

到底是什么让蒋方舟形成了讨好型人格呢？根据她的自我反

省，一是由于不够自信，她坦承自己是个自卑的姑娘，总觉得得到的一切超过了自己应得的；另外也是她的一种生存方式，讨好他人是为了保护自己，故作谦卑只是她的保护色。

“我不敢得罪别人，也不会和别人吵架。”当蒋方舟吐槽说讨好型人格让她失去了真正的自己后，几位导师都明显动容了，尤其是马东，一向克制的他居然泪目了。他说自己也是讨好型人格，结果大家都调侃他说你是得罪型性格吧，他才顺势改口说“我是讨好客户型人格”。

如此看来，讨好型人格并不像我们想象的那样少，而是一种普遍现象，在注重人际关系的中国，讨好型人格，在每个人身上显现出不同的程度。在家庭里，有些孩子为了让父母满意，可以选择完全不喜欢的专业和工作。在职场上，有些员工为了让领导和同事满意，不惜承担原本不是自己职责范围的工作。

当这种性格发展到极致时，就形成了我们口中常说的“好好先生”。这种好好先生的特点是为了让他人满意，可以完全牺牲掉自己的喜好。

我认识一个姑娘就是如此。她是家中的长女，从小就被父母教导要让着弟弟，久而久之，她学会了压抑自己的真实想法，去迎合父母的想法。等到工作后，又变成了迎合领导和同事的想法。在周围人的眼里，她是一个会让他人感觉很舒服的好姑娘，这种惯性讨好也让她在职场升职很快。但没有人知道，在好姑娘的外表下，她其实备感委屈和压抑，因为不敢和别人起任何冲突，也不敢在他人面前展露情绪，她逐渐觉得，真实的自我正在一点点地丧失掉。

但面具戴在脸上久了，她已经不敢轻易取下来，怕万一不再小心翼翼，不再讨好他人的话，就会将好不容易经营出来的温婉可人的形象毁于一旦，更怕丧失掉他人对自己的好感。她不知道，这种好感是建立在刻意讨好的基础上的，好比建在流沙之上的城堡，根基一点都不牢固，经不起任何雨打风吹。

讨好型的人付出了那么多，追求的结果无非是人见人爱。他们忘了一件事，**这世上根本不存在人见人爱这回事，伪装出来的迎合和善意也根本没有办法赢得心心相印的知己。**如果一味地讨好他人，导致的恶果往往是既委屈了自己，也无法取悦他人。试想一下，要是一个人连自己都无法喜欢上自己真实的一面，又如何能够让他人喜欢呢?

这类人往往会陷入一个怪圈，就是“越讨好别人，越被人嫌弃”，电影《被嫌弃的松子的一生》中，处处讨好他人的松子，一辈子都落得被人嫌弃。正如蒋方舟在节目中所说，她感觉从小到大，都很难和他人建立真实的关系，不敢在对方面前暴露自己的脆弱，也就很难拥有好的友谊和爱情。她打了一个比方，说这些习惯了讨好他人的人，会想尽千方百计去营造一个被人喜欢的自己，久而久之，这个“假我”就会完全覆盖住真实的自己，就像有些女生拍照时习惯使用美颜相机，有一天她忘记开美颜的话，就会被真实的自己吓到，因为真实的自己已经变得非常非常陌生了。

有句心灵鸡汤说：无须讨好世界，且让自己欢喜。这句话适合所有讨好型的人，常人的问题是太自私了，他们的问题则在于太“无私”了，以至于失去了自我。所以他们需要稍微“自私”一点，懂得照顾自己的感受，不介意袒露出自己的缺陷和脾气，这样才有可能走出讨好型的人际模式。

明朝的才子张岱说过一句很经典的话：人无癖不可与交，以其无深情也；人无疵不可与交，以其无真气也。形象点说，那些具有讨好型人格的人，缺的就是这么一点深情与真气，这样的人，就算表面上将自己粉饰得再体贴懂事，终究还是让人觉得有点假。再完美的假人，也比不上浑身缺点的真人让人可以交心。所以越是讨好型的人，越难交到特别好的朋友。你奉上的是假意，自然很难得到真情。

以前我读《红楼梦》时就发现，看起来浑身都是缺点的林黛玉，反而比八面玲珑的薛宝钗在深度关系方面更胜一筹，宝玉把她当成唯一的知己，紫娟待她一片忠心。与处处妥帖的宝钗相比，她可能丧失掉了一些路人的好感，却收获了更深切的感情，这些人爱着的正是最最真实的她，不仅深爱着她的才华与善良，连同她的坏脾气与小心眼也一同爱上了。

很多人分不清讨好与为他人着想之间的区别，其实两者之间看似相似，实际上截然不同。**愿意为他人着想的人都是温柔的，真正的温柔，是懂得包容和体谅，而不是一味地讨好和迁就。**温柔和讨好之间仅仅是一步之差，就像自我和自私之间也只是一步之差，如何把握好这个度，值得我们用一辈子去慢慢体会、慢慢修正。

如何让人舒服又不致沦为讨好型人格呢？我深爱的康永哥就是其中高手，他的温柔不是那种毫无原则的，而是暗自含着锋芒，他平常说话总让人如沐春风，但他有他的坚持和观点，一旦你触及他的底线，他也会不动声色地反击。有人说他毒舌，我却觉得，如果一个人的毒舌只是用来保护自己而不是用来攻击他人，偶尔毒舌一下也没什么不好的。

想想吧，就连智慧如康永哥，也有很多人不喜欢，你又何必苦苦执着于讨人喜欢呢？当你还想着委屈自己讨好他人的时候，不妨默念一下蒋方舟的这句话："真正能够欣赏你的人，永远欣赏的是你骄傲的样子，而不是你故作谦卑和故作讨喜的样子。"

从现在开始，就让自己在生活中卸下伪装，彻底走出美颜的滤镜吧，为此你可能会损失掉一些无关紧要的赞，但总有一天，你会找到一些人，爱着的是你真实的素颜，而不是你美颜后的样子。这样的喜欢，比那些轻飘飘的赞美分量要重得多，才是真正值得我们用心去争取的。你知道，我说的当然不只是拍照。

别为不喜欢你的人伤神，对喜欢你的人不公平

一个姐姐发了条微博说，“我只喜欢喜欢我的人”，很想穿过遥远的网络去和她握个手，因为她所说的正是我喜欢的人生态度，或者说，是我推崇的人生态度，某种程度上，虽不能至，心向往之。

也许你会说，“我只喜欢喜欢我的人”这还不简单吗，至于做不到吗。别小看这九个字，多少自诩为通透豁达的情商高手，也未必能做到这一点。我只喜欢喜欢我的人，代表着一种取舍，一种选择，干脆利落，毫不纠结，我相信能这样做的人必然是快乐的，至少他会省去很多烦恼。

这句话有些绕，不妨用在乎来代替喜欢，改成“我只在乎喜欢我的人”。听起来好像没有丝毫难度，谁都知道，人和人之间的感情是相互的，我们理应更加在乎那些喜欢我们的人。但说起来容易做起来难，通常情况下，那些不喜欢我们的人反而常常赢取了我们更多的注意力。

我们容易犯的错误之一，就是对批评的反应远甚于表扬。记

得有个我喜欢的作家说过一段话，大意是，他出了一本书，在豆瓣上看到一百条好评的欣喜，也抵消不了看到一条差评的沮丧。

不知道你们是不是这样，反正我是这样的。我跟朋友开玩笑说，最近我已经达到了范仲淹所说的“不以物喜”的境界了，可还是远远做不到“不以己悲”，打个比方，再多的溢美之词也无法让我飘飘然，顶多是窃喜一小会儿，可只要一句尖刻的批评，心情立刻大坏。

按说一句表扬应该抵得过一句批评啊，但事实却远非如此。大多数人总是对赞美习以为常，对批评暴跳如雷，有个精通心理学的网友分析说，这是由于大多数人对自己的评价远远超过他人，所以被赞美时觉得是理所当然，偶尔听到一句恶评就怒从心头起。要想快速赢得一个人的注意，诀窍不是赞美而是批判。

这样想起来，我小学时代的某些男生可以说深深懂得人性的弱点了，他们喜欢一个女生，不是夸奖她，赞美她，而是揪她的辫子，嘲笑她的口音，往她的书包里装小动物，目的无非是让该女生多看他一眼，哪怕多骂他一句也是好的。

网上那么多人喜欢做“杠精”，动不动就跑到素不相识的人的微博下去抬杠，说穿了也和那些青春期的小男生一样，无非是为了博取注意力罢了。看似幼稚的招数却屡试不爽，遇到“杠精”的人往往完全丧失了理智，不惜花上一天甚至一个月的时间来和他们打嘴仗。没有人会喜欢“杠精”，可偏偏他们却浪费了你大量的时间和心力，究其原因，还是因为我们过于在乎他人的批评了。

我们容易犯的错误之二，是夸大了不喜欢的人在生命中所占的分量。

举例说明：

你是否会因为宿舍里有一个和你过不去的同学，就觉得在宿舍里再也待不下去，一心只想搬出去住？

你是否会因为公司里有一个看你不顺眼的同事，就觉得整个公司都乌烟瘴气，整个团队都毫无人情味？

你是否只因为在成长的过程中遇到过一两个缺失师德的无良老师，就因此深深地讨厌学校，甚至发展到厌学的地步？

更有甚者，将人生路途中偶尔遇到的白眼和冷遇，夸大成“人人都厌憎自己，人人都对自己不好”的程度，那些反社会的杀人狂，大多就是抱有这种偏见。

大多数人当然不至于堕落成杀人狂，但放大敌意、无视善意的情况却屡见不鲜。那些在某个圈子里人际关系极其恶劣的人，一开始其实都只不过是和一两个人相处不好，久而久之却会发展到视整个团队为仇寇。

有些人会将原因归结为“没有一个人喜欢自己”，果真如此吗？我相信即使是罪大恶极的人，也会有珍惜他的人，也曾遇到过一些善意和温暖。

我们容易犯的第三个错误是想改变那些不喜欢的人对自己的看法。

很多人之所以苦苦奋斗，初始动力并不是为了自己所爱的人，而是为了让那些讨厌他的人刮目相看。对于广大底层人民来说，“逆袭”已经成了一种情结，为什么要逆袭？网上有句流行的话说得很好，无非是为了“今天你对我爱理不理，明天我让你高攀不起”。看看吧，即使是有一天让人高攀不起了，人们耿耿于怀的仍是当初那些对自己爱理不理的人。他们的生活状态，在很大程度上居然由这些他们憎恨得牙痒痒的人主宰了，他们实在是很在乎这些不喜欢自己的人了。

他们如果听到我说这话，可能会跳起脚来，极力反驳：“说什么鬼话，我才不在乎他们，我只是讨厌他们，憎恶他们！”**人们总将在乎等同于喜欢和认同，事实上讨厌和憎恶也是在乎的另一种表现。**很多人一边说着不在乎那些不喜欢自己的人，一边却竭尽全力想证明给他们看，自己并不像他们想象的那么差劲，这哪里是不在乎，恰恰是太过在乎了。正如爱的反面不是恨，在乎的反面也不是憎恶，而是完全不当回事。

与有没有人喜欢自己相比，我们往往更在意的是有没有人讨厌自己。追求认可本来没有错，但如果一味追求讨厌的人的认可，那就等于和自己过不去，属于过度追求认可了。

过度追求认可的人注定会为人际关系烦恼，因为这世界总会有人讨厌你，不认同你，人是活在关系中的，除非我们打算学小龙女那样幽居深谷，不然总是难以避免和讨厌的人打交道。很多时候我们会陷入一个怪圈，那就是别人越讨厌你，你越会在意他对你的看法。

如何从这种怪圈里走出来呢？有本在心理学界一直很受欢迎的书叫《被讨厌的勇气》，阐述的是和弗洛伊德、荣格并称为“心理学三巨头”之一的阿德勒的人生哲学，阿德勒心理学彻底否定寻求他人的认可，认为根本没必要被别人认可，也不要去寻求认可，在此基础上还进一步提出，所谓自由，就是拥有被讨厌的勇气，一个人如果缺乏这种勇气的话，注定无法获得自由。

阿德勒心理学最有意思的是关于课题分离的观点，也就是说，把自己和他人的人生课题完全分开来看，在人际关系中，你对他人怎么样，是你的课题，而他人对你的态度怎么样，则是他人的课题。每个人都只需要为自己的课题负责，换而言之，你尽可以按自己的人生准则去过一生，别人是讨厌你还是喜欢你，那是别人的课题，你无须考虑，也控制不了。

意识到这点后，你会觉得根本就犯不着费尽心思去让那些讨厌你的人对你改观，你只需对自己的人生课题负责就行。当一个人不再畏惧被他人讨厌，他的人际关系就从复杂变得简单，也就拥有了前所未有的自由。

世界上当然没有存心惹人生厌的人，阿德勒和他的信徒也是如此，书中就提到了：“‘被讨厌的勇气’并不是要去吸引被讨厌的负向能量，而是，如果这是我生命想活出的核心渴望，那么，即使有被讨厌的可能，我都要用自己的双手双脚往那里走去。”

人生本就苦短，清代才女秋芙曾经感叹说，人生至长不过百年，其中睡梦占了一半，剩下的忧愁病痛占了一半，这其中襁褓垂老之日又占了一半，所剩下的时光不过十分之一二罢了。可叹的是，人们却把如此珍贵的时光，虚掷在不喜欢自己的人身上，这实在太不值得了。

你我皆凡人，可能很难达到阿德勒所提倡的那种八风不动的境界，能够做到“我只在乎喜欢我的人”就已经很好了。当有人攻击你、批评你时，你可以愤怒个一两天，却没必要一直气下去。别把半点时间浪费在不喜欢的人和事上，人的精力都是有限的，为讨厌的人伤神太多，那就匀不出精力来好好对待喜欢你的人了，对喜欢你的人也不公平。

人要活得自在，关键是弄清楚什么才是生活的重心，我们错就错在，把目光聚焦在那些不喜欢自己的人身上，而忽略了那些真正喜欢着你的人。**总有一天你会明白，只有那些爱着你的人才对你的人生有意义，他们才是你生活的重心，至于那些不喜欢你**

的人，就是你生命中的一个喷嚏，根本就无关紧要。对待他们最好的方式当然是远离，如果不得不面对，你也可以在心里嘿嘿一笑，默默念以下咒语：他强任他强，清风拂山岗；他横任他横，明月照大江。是不是淡定多了？

与君共勉。

与其羡慕别人，不如花点力气让自己变优秀

微博上收到一封私信，一个正在念高中的小读者问我：

小姐姐，有个事情想找你倾诉一下，我是一个普普通通的女生，长相普通，成绩普通，性格才艺都很普通，文理分班后我和一个女生成了同桌，我的这位新同桌什么都很出众，成绩出众，才艺出众，长相尤其出众，绝对是校花级的人物。她性格也很好，对我十分友好，但我苦恼的是，究竟要不要和她做朋友呢？毕竟她是女神，跟她在一起的时候，总是会有些微的自卑，因为自己处处都不如她。如果是你的话，你会怎么做呢？

这封私信将我拉回了遥远的中学时代，曾经我也和这个小女孩一样，长相普通，才艺普通，各方面都称得上平平无奇，性格还有点怪僻，唯一引人注目的是成绩特别好，属于不怎么努力也能考全校前二十，稍稍一努力就能冲刺下前十的尖子生。学生时代的人容易一叶障目，只要你成绩好，就会掩盖住其他的缺点。

正因如此，我，一个看上去相当不起眼的普通女生，居然受到了班上女神级人物的垂青，而且不止一个。

学生时代其实也是有阶层和圈子的，每个班上最为瞩目的小团体莫过于“女神团队”，总有那么几个歌唱得好、舞跳得棒、长得特别好看、成绩还不赖的小姑娘，喜欢在一起玩，处处看上去都光鲜亮丽，就像《小时代》里的几个姐妹花。

我们班上就有这样一个女神团队，同学们习惯称她们为“三大班花”。为首的瑶瑶皮肤白得吹弹可破，一双眼睛水光潋滟，每次学校举办元旦晚会时，她总是当仁不让的主持人，最要命的是，她的成绩还是一等一的好，从来没有掉出过班级前三。排在第二的阿嫣容貌其实更出挑，刚进校时就惊艳了整栋楼的学长们，只是成绩稍逊于瑶瑶，因此只得屈居第二。老三碧子皮肤稍微有点黑，老实说不是特别漂亮，可人家是校广播站的金嗓子，年年歌唱比赛都能拿第一名的角色，排在第三还算委屈了。

她们仨总是一起上学放学，一起交流学习经验和打扮心得，连上厕所都要手牵着手，三个本来就闪闪发光的小姑娘凑在一起就更加闪亮了，我还记得，当她们走过走廊时，总会有坏坏的男生们吹口哨。

可能是三人团体并不那么稳定，她们渴望着能增加一个人，以使整个团队更加有分量，那是香港“四大天王”风行的年代，“四大班花”可比“三大班花”听上去拉风多了，也更容易让人记住。

不知道怎么回事，她们集体向我伸出了橄榄枝，当她们邀请我一起出黑板报时，我简直有点受宠若惊。有那么一段时间，我也试着和她们走近，但没过多久，我就退缩了，没别的，只因和美女们做朋友实在是太有压力了，尤其是和聪明的美女们。团队中的其他两位班花还好，关键是瑶瑶实在太光彩夺目了，她就像一轮小太阳，浑身上下都散发着光芒，每次站在她身旁，我就觉得自己彻底沦为了左拉笔下的陪衬人。

少女之间的友谊，很多都伴随着这种微妙的攀比吧，现在我终于愿意坦白承认，那时我对她们仨，特别是瑶瑶，是有些隐隐的嫉妒的。当然那时候我是打死也不愿意承认的，反而用骄傲来掩饰这份嫉妒，一个骄傲的人，是不能容许自己活在其他人的光芒之下的，所以我宁愿放弃这份来之不易的友谊，也要离她们远远的。

女神们当然是不愁没朋友的，我退出之后，很快有个叫娟子的女生顶替了我的位置。娟子各方面都仅仅称得上良好，和优秀的“瑶瑶们”比较起来自然还有一段距离。当时她为了让其他人接纳她，还颇花了一些功夫，比如细心打听她们的爱好，花大钱零花钱去购买她们喜爱歌星的 CD 等。对她的举动，班上很多女生都表示不屑，总觉得她这样刻意接近女神们太费力了，用现在流行的话来说，也就是“圈子不同，何必强融”。

可是娟子真的强融了进去，她很快就成功地和瑶瑶她们打成了一片，“三大班花”由此蜕变升级为“四大班花”。更神奇的是，娟子居然一天比一天会穿衣服，一天比一天漂亮，成绩也一天比一天好了，原本只可以打七十分的她，一跃成了八十分，虽然还是比不上九十分的瑶瑶，可怎么也不算是个普通女生了。

我和娟子做了五年的同学（小学两年初中三年），发现她有一个重要的特质，就是善于和比自己优秀的女生们做朋友，到哪里都能打入最闪亮的团队，而我呢，总是有股宁为鸡头、不做凤尾的傲劲儿，只爱和自己差不多或者还差一点的人玩。

以前我特别瞧不上娟子交朋友的原则，觉得这人一定特别自卑，才甘于去做他人的配角，直到很多年后才深刻认识到，真正自卑的那个人不是娟子，而是我自己。我那么害怕和女神们做朋友，就是怕她们的优秀会在不经意间刺痛我。比较起来，娟子才是内心强大，她甘心从鲜花旁边的绿叶做起，然后一点点吸收着阳光雨露，居然真的蜕变成了花的模样。

普通女生该不该和比自己美还比自己优秀的女神做朋友呢？我和娟子恰好形成了一组对比，代表了完全不同的两种类型。成年后的我由于生性被动，还是没办法像娟子那样热情地去结交女神们，可我至少学会了，当女神们对我主动示好时，能够敞开心扉去接收她们的善意。

自从交上了一些女神朋友后，我发现好处还是很多的。其中最明显的好处就是会变美，我有个朋友叫小米，是朋友圈子里公认的女神，举手投足间很有赵雅芝年轻时的风范，小米是那种倒个垃圾也要化好妆的精致女人，平常最看不得的就是身边的女朋友们灰头土脸，挂在嘴头的口头禅是“一个女人如果不好好打扮自己，那还活个什么劲呢”。我每次回老家，小米都会抓住我好一顿数落，然后就从头到尾对我进行真人大改造，在她的监督加教导之下，以前习惯素面朝天的我居然学会了花二十分钟化个淡妆，衣品也噌噌地提高了。

女神们之所以能成为女神，不仅是因为她们比普通女生更美，还因为她们能力更强，接触的世界也更为广阔。老话说得好，近朱者赤，近墨者黑，和女神走得近一点，没准也能多沾点仙气，见识到不一样的天地。**有些时候，我们需要和踮起脚尖才能够得上的人接近，才能有机会去过踮起脚尖才能够得着的生活。**

人是需要参照物的，如果你把参照物定为比自己差的人，那么你会觉得周围的人谁都不如自己，彻底生活在故步自封的小世界里。如果你把参照物定为比自己优秀的人，那才有可能认识到自己的不足，转而向她们看齐。毕竟，**与其沉浸在虚假的优越感里，不如花点力气让自己真的变优秀。**当然女神们也不是那么就容易接近的，你总得有点长处，才能让人瞧得上眼，层次相差太远的人是没办法做朋友的。

我把这段话发给了求助的小女孩，不知道她是否能听进去。有些道理，即使早就听说过了，总要经历些世事，才能够彻底明白。我只希望，我们都明白得不算太晚。

我所喜欢的姑娘们，心里都住着个侠女

多年以前，还没有微信公众号的年代，人们热衷于混论坛，那时最火的论坛叫作天涯论坛。某天深夜，我打开天涯论坛，顺手注册了一个名叫“慕容素衣”的 ID，没想到这成了我日后行走江湖的名号，一直沿用至今。

天涯的版块很多，我去得最多的是“仗剑天涯”，那是一个武侠版块，大家彼此以侠友相称，整天谈古论“金”，虽然素未谋面，却彼此心心相印，因为我们是真正的志同道合。我们那批人，大概是最后一代读着金庸古龙梁羽生长大的人了，喜欢武侠的人都有一些共同的特点，比如爱交朋友，坦荡真率等。

我在仗剑天涯认识了很多有趣的姑娘，她们性格各异，内心深处却都住着个侠女，所以才能写出那样恣意飞扬的文字来。有个姑娘的 ID 名叫“大脸撑在小胸上”，江湖人称大脸师太，以《十五年来武侠路》成名。当年我曾追看她的帖子，整整一天一夜不眠不休，看得那叫一个如痴如醉，至今还记得她曾说过“对于我这

个年纪的小龙女来说，谁当杨过已经不重要，重要的是谁当尹志平”。

因为同是铁杆金迷，我们还互相加了QQ好友，我的QQ名叫“酒罢问君三语”，一般人不知何意，她却一加我就说：“姑娘你的网名好武侠！”可见她的确和我一样，熟读所有金著，知道这个名字是取自《天龙八部》西夏公主招亲那节的回目名。

大脸师太的武侠小说可没白读，她本人也是很有侠义之风的，成名之后她用化名开了一个小号，专门谈论天涯过往的热点事件。我印象最深刻的是当年明月在天涯被打压攻击，她挺身而出为他鸣不平，实际上她和当年明月彼时素不相识，却不惜为此得罪人。

真实生活中大脸师太是气象学博士后，她曾自嘲说女生读本科时是黄蓉，读研究生时成了灭绝师太，读到博士就变成了东方不败。但其实她就算读到了博士后，仍然不改古灵精怪的本性，倒是大有黄蓉亦正亦邪的妖女作风。说她是妖女并不是骂她，熟悉她的粉丝都知道，她有一句名言是“妖女都嫁了人（比如黄蓉、赵敏、任盈盈），剩女都变了态（比如李莫愁和灭绝师太）”，可见妖女其实蛮招人爱的。

仗剑里还有个姑娘叫武五陵，走的是和大脸师太完全不一样的路数，以武功招数来比喻，如果说大脸师太使的是痛快淋漓的打狗棒法，武五陵使的则是优美至极的兰花拂穴手。她的成名作是《金庸十二钗》，分别以十二首词牌名来解读金庸小说中十二位女子，比如写古墓派创始人林朝英（也就是小龙女的祖师奶奶）的那一章就叫作“女冠子”，的确用得恰到好处。她的这一系列帖子是仗剑天涯的镇楼神帖之一，我初读时有点像胡兰成初见张爱玲的感觉，实在大为惊艳。比如她说林朝英是寂寞派的掌门人，就令人耳目一新，这个系列是她在加州大学伯克利分校访问时写下的，也成了一大佳话。

我和武五陵都曾加过仗剑的一个群，一伙人整天在群里天南海北地瞎扯。我们都尊称她为五姐，她确实也很有姐姐的范儿，我们经常一言不合就退群，总是她出面调解。她那时已在媒体混出了一定地位，却没有丝毫架子，走到哪儿都要去会侠友，还主动为头次见面的侠友介绍工作，只因赏识对方的才华。金庸小说中，她最像霍青桐，飒爽大气，且有领导者的风度。

后来天涯衰落了，豆瓣随之兴起。我在豆瓣认识的第一个网友叫“这么”（嗯，就是这么特别的 ID），一开始我对所谓的豆瓣红人并不感冒，总觉得这里有太多矫揉造作的伪文青。直到认识了这么之后，才知道豆瓣原来也有如此妙人！

我和这么也是因文字结缘的，我读了她的一本随笔集，拜服不已，斗胆发了封豆邮给她表达仰慕之情，没想到她居然很快回复了。我当时只恨相识太晚，她却安慰我说：“只要勾搭上了，什么时候都不算晚。”巧的是她居然也混过天涯，一见我的 ID 就问：

“是仗剑的那个慕容吗（啊，当年我在天涯也曾开帖写过金庸）？”

这么文字爽利，读到酣处，真让人怀疑她是从天涯潜伏过去的。不知多少女文青为安妮宝贝发狂，这么却说，安妮宝贝的好，是模仿的成本并不算高，所以女文青争相效仿，“最多不过光脚穿球鞋穿出脚气，冬天打赤脚，喝冰啤酒，落下月经不调”。

哈哈，这话说得，又俏皮又尖刻，估计安妮宝贝和她的粉丝听了，会气得活活吐血。这么啊这么，连促狭话都说得这么可爱，叫我如何不爱你！这么说庾信的《哀江南赋》一个字一个字，子弹一样，那么她自己的文字就像传说中的小李飞刀一样，全是短句子，一扎一个准，刀刀见血，例无虚发。

很多人都说这么的文字有英气，是当代侠女，看书中这么的做派，爽快倜傥，的确大有侠女十三妹之风。十三妹在没有嫁给安公子之前，是多么霁月光风的一个人物！不过，这么在十三妹的外表下，深藏着一颗林黛玉的心，心思爽朗却又心细如发，她有她快人快语的一面，也有她细腻蕴藉的一面，不善感的人，哪里做得出好文章来。说到侠女，我将金庸古龙笔下的人物想了个遍，想找一个能比拟这么的人物，想来想去，也只有风四娘差可拟之。

这么和高军（豆瓣上的风行水上）老师，堪称混迹于豆瓣的一对神仙眷侣。两个人干的都是自由职业，一个写写文章，一个画点画，日子过得逍遥自在，俨然是红尘浊世中一对简单质朴的素心人。

这么小时候也是个武侠迷，从小熟读金古梁温，在《我的武侠小说生涯》中，她对这四大家的分析特别到位，数千字远远胜过我当年写的十几万评论。在这篇趣文中，她写道："我有一位远房叔公，藏书极丰。苦于下一代都不看书，听说亲戚中有我这一个勤奋好学的，特意叫我去他家拿书，想拿多少拿多少。进屋后，沿一面墙是黑压压的木头书橱，老版本的二十四史齐全，还有无数外国文学、中国古籍之类，还有线装书。我徘徊良久，终于在角落里找到一套《七剑下天山》，欢喜而去。叔公再没叫我去他家。"

真是个慧眼识珠的好姑娘啊。

人可能总是会被同类吸引，其实不单是网络上，就连现实生活中，我也更容易对那些具有侠女风范的人心生亲近。我最好的几个朋友都是人们眼中的侠女，这些姑娘不一定都读过武侠小说，但她们都豪迈爽朗，快言快语，重感情，讲义气。她们交朋友的唯一准则是性情相投，至于什么权势、地位之类的，她们根本想不到要考虑这些，她们最看重的就是感情和真诚，最痛恨的就是虚伪和势利。

看琼瑶小说长大的人可能会成长为淑女，而看武侠小说长大的人是很可能会成长为侠女。不得不说，与矜持端庄的淑女相比，我更喜欢快意恩仇的侠女。淑女为了维持完美的形象，有时不得不伪装一下，侠女却从来不装，想笑就放声大笑，想哭就痛快流泪，爱了就全情投入，不爱就决绝离开，爱憎就是如此分明。所谓江湖儿女，正是性情中人。

如今武侠小说早已式微，武侠论坛也没人混了，就连我加的几个武侠群都终日悄无声息，再也没有人说话了。我已经很多年不读武侠小说了，有一阵曾经试过再读古龙的《欢乐英雄》，翻了几页后怅然若失，完全找不到初读那时的阅读快感。有些书只适合在年少时读，武侠小说就是如此。但我庆幸的是，在我年少轻狂的时候，曾经读过金庸古龙，他们书中的酒意和侠气已经浸入了我的骨子里，至今还没有被生活完全侵蚀掉。作为一个寂寞的现代人，我是多么向往他们笔下的那个江湖，那里月白风清，古意犹存。

另外，很喜欢冯唐写给古龙的两句短诗，想以它献给的那些侠女朋友们：

一个有雨有肉的夜晚，和你没头没尾分一瓶酒（《最喜》）。

孩子，多么希望你有一天能过上普通人的生活——给瓜瓜的一封信

亲爱的瓜瓜：

在你未出生之前，我嘴里虽然说着，你只要像个普通人一样快快乐乐地成长就好了，其实心里却对你有着很多的期待。从我为你取的名字就看得出来，你大名叫作雨帆，听起来有点像琼瑶小说的男主角，其实是化用自韦庄词中“春水碧于天，画船听雨眠”的意境，这个诗情画意的名字隐隐显示出，作为一个女文青的我，还是希望你能拥有与众不同的人生。

意想不到的是，你天生就与众不同，别的孩子一岁多就会牙牙学语了，可你两岁还不会叫爸爸妈妈；别的孩子哭着喊着要买玩具，可你连玩具店的门都不想进；别的孩子见了小朋友就像见了亲人，可你总是一把推开小朋友们，哪怕是漂亮的小姐姐也不例外。游乐场里，小朋友们荡秋千滑滑梯玩得不亦乐乎，只有你

一个人固执地坐在一旁揪花；麦当劳里，你的尖叫声响彻了整个店堂。

太多的细节显示，你和别的孩子截然不同，我和你爸爸再也没办法用“贵人语迟”“大器晚成”这些鬼话来安慰自己，我们不顾家里人的反对，送你去医院检查。你仿佛嗅到了这里的危险气息，做各项评估的时候你哭闹不休，怎么也哄不好，医生冷冰冰地呵斥你：“哭什么哭，这里又不是菜市场！”我愤怒地看向他，就是在那一瞬间明白，这世上完全没有感同身受这回事，并不是每个人都像我们这样觉得你那么可爱。

几乎没费什么周折，你就被诊断为自闭症，虽然前面加了疑似两个字，也足以让我们心碎，后来我才知道，这只是心碎的序幕而已，之后的日子里，做父母的心将被一点点碾成粉末。你才两岁，就戴上了这样一顶帽子，可能一辈子都摘不下来，这意味着，你极有可能无法像正常人那样读书、升学、读大学、找工作、谈恋爱，甚至生活无法自理，一辈子都需要被人照顾。

我们马不停蹄地将你送往了当地的康复机构，一贯在家中散养惯了的你不适应机构的严格管理，你总是站在机构的铁门前，边哭边拍门，一哭就是整整两小时。你一哭，我也跟着流泪，我知道你想回家，可我只能选择让你在机构训练，因为据说这是唯一有效的干预方式，尽管这种干预在你身上起的作用微乎其微。

你确诊后的一年内，可能是我一生中最灰暗的时刻，那时我还在做记者，每次出去采访时，和采访对象聊着聊着就忽然悲从中来，要努力抑制才能不让眼泪掉下来，有时实在控制不住了就借口冲进洗手间里大哭一场。那段时间我常想到死，站在楼前会有跳下去的冲动，看到电视里放发生车祸的新闻，第一反应居然是“为什么被撞死的不是我？”

有一天，我木然地站在机构的走廊前等你下课，看见黑板上写着一个个前来康复的小朋友的名字：逸翔、星航、子轩、浩然……这些名字都有着多么美好的寓意啊，就像你的名字一样，他们的父母一定也像我一样，对自己的孩子有着各种美好的期待吧，期盼着孩子能自由飞翔，能像星星般闪耀，可如今，这些期待都随着一纸诊断书落了空。我看着看着，想象着这些同病相怜者的失望，禁不住泪落如雨。

如果一直这样下去，我可能会陷入重度抑郁吧。但我最终并没有死于心碎，这要谢谢你，我的瓜瓜，是你将我从绝望中拯救了出来。你尽管在很多方面都和别的小朋友不一样，有一点却是一样的——你们都发自内心地爱着父母，爱着这个世界。

你天生就会爱人，一岁半时刚学步还走不太稳，看见我洗了头发走到客厅里，你就会赶紧迈着小短腿去打开抽屉，拿吹风机给我吹头发；你两岁多时，我从山西出差半月回来，你一见我就拉着我去卧室，从床头柜里拿出一样东西递给我，那是我经常戴着的一块玉，出门前忘记戴了，你却一直替我记得牢牢的；有次我坐在床上怔怔落泪，忽然伸过来一只小手，手里还攥着一张纸巾，那是你递给我擦眼泪的……

我亲爱的瓜瓜，你不会说话，不会玩游戏，不会和小朋友玩，连爸爸妈妈也不会叫，却生来就会爱你的爸爸妈妈。你是如此可爱，我没有办法对你弃而不顾，只能鼓足勇气去继续爱你，呵护你。

这些年里，我们坚持走在不抛弃、不放弃的路上，从广东到湖南，又从北京到青岛，听说哪里的机构好，就排除万难带你去做康复。你一点一点地进步着，这个过程在旁人看来太过艰辛，也太过缓慢，只有我们做父母的，才由衷地为你的每一点变化而欣喜。我还记得，你四岁的时候，第一次清楚地叫出了“妈妈”，四岁半时，在海边小食店里吃饭，忽然看着正在榨西瓜汁的机子说“西瓜”，我们惊喜万分，赶紧给你买了一杯西瓜汁。我当时开心地想，如果有天你能开口说出“月亮”两个字，我一定也会上天入地为你摘了来。

现在你六岁了，经过多年的努力，你会说简单的字词了，可以辨认十以内的数字，上课的时候也很少哭闹了，但和其他小朋友的差距还是太大太大了。同龄的小朋友已经背着书包上小学了，可你还是只能待在机构里。

如果说我前半生所做的所有努力都是为了让自己与众不同，那么我后半生所做的所有努力都是为了让你尽可能地过上普通人的生活。我多么希望你能像同龄的孩子那样，开开心心去上学，为了升学和补习而烦恼，为了隔壁班的女孩没有看你一眼而伤神，将来长大了，又为了工作和房子奋斗，有时懊恼，有时高兴。我现在才知道，能够拥有这样普通的一生，是一件多么幸运的事情，这世上有那么多心智发育不健全的人，他们很可能付出终生的努力，也不足以拥有如此普通的生活。

或许我不应该奢望你和他人一模一样，你生来就是特别的，我只是希望，你的特别不至于影响到你和他人的生活，如果有人注意到你的与众不同，我多么希望他（她）能对你的特别予以宽容。

现在流行批判熊孩子，可我要告诉所有人，我们这些星儿（自闭症孩子）并不是故意想当个熊孩子，他们只是有时会控制不住自己的行为。他们坐飞机时偶尔会尖叫，在饭店有时会忍不住碰碰别人的食物，请不要在没有清楚他们的身份之前就指责他们没有教养。

很多时候，他们不是没有教养，而是能力上做不到。就像老师那天让你分辨形状，你明明很认真在辨认，还是把长方形认成了正方形。老师还是奖励了你一块饼干，还夸你说“瓜瓜已经很努力了”。

所以瓜瓜，我亲爱的孩子，不管最后的结果怎么样，不管你有没有机会过上普通人的生活，这些都没有关系，我们要记住老师的话，“瓜瓜已经很努力了”，无论如何，努力的人都应该得到尊重。如果长大后有人因为你的特别而不尊重你，一定要记住妈妈的话，那不是你的问题。

知道你的情况后，曾经有人对我说：“要是早点生就好了，可能就会生一个聪明的孩子。”这个问题我仔细想过了，要是生了另一个聪明的孩子，我这辈子可能轻松得多，但我还是不愿意，因为早点生的话，那个孩子就不是你了。你温和、善良、热情、友爱，你绝对不会去伤害任何人，对于爸爸妈妈来说，你就是全天下最好的孩子。再聪明伶俐的孩子也取代不了你，我们只想要你尽可能好好的，并不想用你来交换其他孩子。我亲爱的孩子，尽管你是特别的，你来人世一遭，同样会感受到阳光有多热烈，风有多温柔，天有多蓝，草有多青，以及爸爸妈妈有多爱你。

我的孩子，我多希望能一直陪着你，让你在我的羽翼下无忧无虑地成长，但我知道，总有一天，你需要独自面对这世界的风风雨雨。这是我第一次向外谈论你的自闭症。与其说这封信是写给你的，不如说是写给天下千千万万父母的，如果他们中有一个人能够因为读到这封信，而对你（以及和你一样的孩子）多那么一点点温柔和慈悲，那就不枉我写信时流下的这些泪水了。

愿你健康成长，一生平安顺遂。

愿这世界对你好一点，再好一点。

爱你的妈妈 慕容素衣

最好的友情：各自忙乱，互相牵挂

初秋的一天，发小带我去浏阳爬大围山。此时的城市还是秋老虎肆虐的时候，山中却已有凉意。

我们把车开上山，住在半山腰一户山里人家，门口有一个宽大的平台，正好对着西山，是观赏落日的绝佳位置。夕阳烧红了半边天，一轮红日慢慢地沉下去，然后星星一颗接一颗地冒了出来，疏疏落落的，但很明亮。

路边栽满了梨树，那种最最普通的黄皮梨子，农户用纸袋将梨子一个个精心包好，沉甸甸地挂在枝头煞是诱人。在征求了主人的同意后，发小摘了两个梨，我们一人一个，胡乱在衣服上擦擦就啃了起来，一口下去，清甜的梨汁瞬间涌满口腔，出乎意料地好吃。

我们啃着梨，悠闲地走在山间小路上，山风吹过来，遍体清凉，天上的星星慢慢多起来了，发小想指北斗七星给我看，找了半天也没找到。我感叹说要是盛夏来就好了，这么高的山顶，肯定能看到银河，千万颗星星交汇而成的河流，多么壮观。

秋天其实也很好，入秋后的月色最好，更何况，身边还有好朋友相伴。走得累了，我们在农家找了两张竹椅，坐在敞凉处，有一搭没一搭地聊着天，月亮挂在东山的树梢上，满山月色，满天星斗，一切都美好得像个幻境。

我说："都快中秋了吧，你还记得不，有一年读小学时数学老师发神经，叫我们点着蜡烛去补课，下了课后出来一看，天边正好有个红月亮。"

她说："当然记得啦。还有一次，正好是中秋节吧，我们两个人半夜睡不着，爬起来四处游荡，一起坐在稻草垛前，不停地唱着一首歌，就是那首《季花又花坠》。"

我随口哼了起来："浮生中，几起风波；尘世里，几番浮沉……是这个吧！其实那时候我们才十来岁，哪里知道什么叫作风波，又哪里体会过什么浮沉呢。"

"我读小学时不知怎么的，数学成绩特别差，老是算不清四则混合运算，所以每次放学都要留下来做题目。你那时很厉害的，每次都做对了，可也会留下来。"

"为什么啊？"

"因为你要陪我啊。"

没想到小小年纪的我居然如此讲义气，自己都记不清有这么一回事了。和她有关的记忆，我记得最清楚的是有一年我流落贵州，众叛亲离，千夫所指，某个寒冷的冬夜，忽然接到她给我打的电话，她说，就要过年了，你要是回来不了的话，我代你去看看你奶奶吧。

当时挂了电话，我的眼泪刷地一下就掉了下来，可能就是从那个时候开始，我认定了，她是我一辈子的好朋友。一辈子有多长，那时的我还想象不出，如今已过了半生，很开心我们仍然是好朋友。

我们是一起长大的发小，生活在同一个村子里，两家的直线距离不会超过三百米。村子里有一群同龄的小伙伴，估计有五六个人吧，我们一起上学，一起玩耍，恨不得睡觉都腻在一起。

她家后面有一座小山包，长满了油茶树，有些长得茂盛的树亭亭如盖，就像一把把大伞。有个下雨天我们在油茶树下躲雨，我忽然突发奇想，将树命名为"飘香楼"，还拿出小刀在树干上刻下了这三个字。几个小朋友热血沸腾，当场撮土为香，结拜为兄妹。后来还点了香，用香在手腕上印下了属于自己的名号，分别是日、月、星、风、云之类，印在我腕上的是个弯弯的月亮。好像她不在这群人里面，小的时候，她和我们这群人并不是特别亲密，倒是大了后和我越走越近。

那时肯定地认为，我们永远都会是好兄妹好朋友。结果呢，读初中时我搬到了镇上，曾经形影不离的那几个人，渐渐变得越来越疏远。其实镇上离村里才不过三四里路吧，遗憾的是这么一点点距离，已足矣冲淡少年人的感情，就像我腕上的那个半月形痕迹，越来越淡，终于看不到一点痕迹了。

长大后，在不同的年龄阶段，也交过不同的朋友，这种友情的轨迹都大体相似：一开始大多是因为离得近或者从事同样的行业而走在一起，后来由于其中一方的离开或调动，让双方渐行渐远。我记得以前在乡村小学教书时，也有几个走得特别近的朋友，后来我考研出来后，绝大部分都失去了联系。

作为一个极度感性的人，我曾经为好朋友之间逐渐疏远而深深伤感，我们那个年代听的歌里都这么唱，“朋友一生一起走”，那为什么我们会松开彼此的手呢？后来总算明白了，**一个人不可能有那么多一辈子的朋友，绝大多数人都只能陪我们走一小段路，我们要做的就是，同行时相互陪伴，分开时也要心怀感激。**

庆幸的是，我还拥有一两个从未失散的朋友。就像我和她，自从长大后就很少碰面，没有生活在一个城市，从事的行业风马牛不相及，可心底总是彼此挂念。一旦见面了就会有说不完的话，从过去聊到现在，有时候什么也不说，静静相对也不会觉得尴尬。

时间是这样一种神奇的事物，它会让浅的东西越来越浅，也会让深的东西越来越深。时间会让我们疏远一些人，也会让我们和另一些人的感情日渐深厚。多少儿时伙伴已各奔天涯，多少昔日好友已形同陌路，大浪淘沙，到最后还能陪伴在你身边的朋友已成了你的后天亲人。

这样的后天亲人太少了，正因为少，才倍显珍贵。除了她之外，我还有一个男同学，读书时他追过我的好朋友，因此一度和我也走得很近。中学毕业后，我们几乎没了联系，可其实一直通过QQ、微博等各种方式关注着对方。我出书后，他向我索要一本书，从不送人书的我居然破例给他寄了一本。在表面上来看，我们毫无相似之处，他在家乡小镇教书，天天打牌，我在南方小城打拼，忙得像狗，可我一直觉得，我们在本质上是一类人。

多年后，我们在同学聚会上相遇，他笑着向我走来，仿佛从未分开过。我们言笑晏晏，那种亲切的感觉不需要寻找，自动就回来了，我很高兴过了这么多年，我们仍然相互了解，而了解是多么珍贵。

聊天时，他当着大家的面说，班上所有女同学中，我在他心中排第一位。大家都笑他说怎么可能，你那时还暗恋某某某，明恋某某，难不成她排位还在那两位之前吗？

我也笑着说不可能，心里其实是相信的。我和他，当年都是武侠小说迷，他爱古龙，我爱金庸。巧的是，我的那位发小，也是武侠小说迷。喜欢武侠小说的人是这样一种生物，他们的思维似乎还停留在虚拟的二次元，对于他们来说，朋友是最可贵的，甚至比爱情都要可贵。一个人可以爹不疼娘不爱没有人喜欢，但他怎么可以没有朋友！

这样的人，即使在现实世界中活得再平庸再乏味，心底还是渴望着高山流水遇知音，期待着三杯吐然诺，五岳倒为轻吧。他们交朋友从来不看表面，图的只是心心相印。

很多所谓的友谊在时间和距离面前不堪一击，可最好的友情却能对抗时间的侵蚀、对抗空间的分隔、对抗阶层和地位的悬殊，即使天各一方，仍然心意相通。两个朋友能够走到底，不仅仅是因为价值观、人生观相近，更是因为彼此珍惜、相互欣赏，你若不离不弃，我必生死相依。

比如俞伯牙和钟子期，按照世俗的标准，俞伯牙是名士，钟子期是个樵夫，八竿子都打不着，可这两个人偏偏成了知音，钟子期死后，俞伯牙摔琴酬知己，发誓再不弹琴，这才是友谊最动人的地方吧。

比如顾贞观和吴兆骞，吴因被人诬陷流放到宁古塔，这种情况下，多少人避之不及，顾贞观却写了两首《金缕曲》呈给纳兰性德，托纳兰营救友人，后来在纳兰的四处奔走下，吴总算平安归来。什么叫作生死相许？这便是了。顾贞观的《金缕曲》字字泣血，情深义重，一字千金，放在清词里面绝对是榜首。吴兆骞是不幸的，同时又是幸运的，因为他有顾贞观这样的好朋友。

有句话说朋友是同一灵魂寄生在两个躯壳中，老实说，不是所有人都能找到相似的灵魂，正如不是每个人都有灵魂。如果有幸找到了，不要因为境遇的变迁轻易松开对方的手。有时候我们需要程蝶衣那种“不疯魔不成活”的执着：说好了是一辈子，差一年，差一个月，差一个时辰，都不是一辈子。

附顾贞观《金缕曲》二首：

其一

季子平安否？便归来，平生万事，那堪回首！行路悠悠谁慰藉，母老家贫子幼。记不起，从前杯酒。魑魅搏人应见惯，总输他，覆雨翻云手，冰与雪，周旋久。

泪痕莫滴牛衣透，数天涯，依然骨肉，几家能够？比似红颜多命薄，更不如今还有。只绝塞，苦寒难受。廿载包胥承一诺，盼乌头马角终相救。置此札，君怀袖。

其二

我亦飘零久！十年来，深恩负尽，死生师友。宿昔齐名非忝窃，只看杜陵消瘦，曾不减，夜郎僝僽，薄命长辞知己别，问人生到此凄凉否？千万恨，为君剖。

兄生辛未吾丁丑，共此时，冰霜摧折，早衰蒲柳。诗赋从今须少作，留取心魄相守。但愿得，河清人寿！归日急翻行戍稿，把空名料理传身后。言不尽，观顿首。

爱过你，我变成了更好的自己

有一段时间，我曾经在豆瓣上写些情感小故事，引起了一些豆友的共鸣，经常有人给我发豆邮，基本上都是姑娘。她们其实并不想从我这得到什么解答，只是需要一个树洞，可以无所顾忌地倾诉。

在众多树洞故事中，让我印象最深刻的是 Nana 的故事。她的自我介绍就很特别：我用马甲（不常用的账号）给你发的豆邮，常看你的小文，好喜欢，把我的小故事讲给你，可能以后我会在你的小文里找到自己的影子，我会非常高兴的。

她养有一只叫 Nana 的宠物，为了方便叙述，这里就叫她 Nana 吧。

“我才二十七岁，却有过一段长达十年的感情，我们尝试过多种形式的相恋：异国、异地、时差党，好像一直都在演双城记，现在他离开了，我却还留在他离开后的城市里。”Nana 的开场白十分吸引人，让我一下子被她的经历打动了，下面是她的故事。

叙述中，她习惯性称他为S，我一直不太喜欢用字母来指代人，那就叫他小帅吧。

Nana和小帅的爱情长跑，要追溯到遥远的高中时代。

学生时代的他们，有点像《那些年，我们一起追的女孩》的现实版，她是乖巧甜美的学霸女神，他则是有点小坏的叛逆男生。

高二时两人同桌，那个时候的学校有个奇怪的东西叫桌布，开始课桌是两个人用的大桌子，他们合用一块桌布，后来学校统一换了桌椅，都换成了一人一张的小桌子，别的同学都把桌布对半剪开，他们没有这么做，还是一张大桌布，盖在两个桌子上。

他俩是班里最有革命感情的同桌，她学习比他好太多，他爱打篮球，爱玩儿游戏，所以她经常给他上课睡觉放哨，把作业借给他参考，他也会把在补习班高价买来的模拟题在炎炎夏日跑步送到她家。

当时两个人只觉得这是好朋友的革命感情，他爱读闲书，爱给她讲她不知道的历史，她会把课业上的重点做成最小的纸条放到他的铅笔盒里，这样他就能经常看到才能记住，他还模仿他爷爷的口气写了一张纸条，上面写着Nana小同志，努力是成功的必要条件。

高三开学没多久，他开始准备出国，去了北京领馆面签，在北京的时候，他买了一个粉色的小布偶给她，是个女生，他说觉得很像她。他从北京回来没出两个礼拜就订了去伦敦的票，一切都太快来不及反应，他走的前一天，她在教室等他，他说我们是一辈子的好朋友对不对，然后她一边点头一边就哭了。

小帅去了英国伦敦，到周六就给 Nana 打电话，一打就是一下午，开始他只是说我很想你，要是你跟我一起出国该多好，约莫到了第三四次的时候他跟她说，做我女朋友吧，我会对你好的。

他不停地在电话那头追问，她在电话这头使劲点头，挂了电话才领悟到，原来他根本就看不到她的动作。

就这样，没有太多的起伏，两个人简简单单地成了男女朋友。那时的她还不到十八岁，以为自己青春无限，熬得过时间的侵蚀也抵得住空间的距离。

高考后她顺利地考上了南方的一所大学，他们一周通三四次电话。Nana 几乎把所有的生活费都用在买国际电话卡上了，那些年国际长途特别贵，零售的 100 块钱电话卡能打 27 分钟，他给她打会便宜些，有时候打着打着没有钱了，他就夜里出去买了电话卡再给她拨过来。

说得最多的就是想念，她总是说特别想他，有次在电话里哭着说，真想睁开眼睛就能看见他。

过了一阵子突然有一天好朋友一反常态地要帮她整理书桌，打扫卫生，后来又拉她去宿舍楼下看电视，结果在宿舍大门口她看见他抱着一大束红色的玫瑰花从远处走过来，原来是他特意从英国飞回来的，并收买了她的好朋友，配合他给她一个惊喜。

他说他坐飞机到香港，又坐船到珠海，已经六七点了，那个年代本来就没有几家花店，珠海又是个小城，他就坐着出租车遇到花店就敲门，终于找到一家花店，三个人忙活了好一阵才包了这么一大束，一共99朵。

捧着那束玫瑰，她觉得自己就是全宇宙最幸福的人，真的。

整整一天，他俩待在电影院，那种礼堂大小的电影院，一共看了五遍《木乃伊归来》，他还在倒时差，下午的时候他就枕着她的肩膀睡着了，他说等你大学毕业也来英国吧，她说好。

他在北京转机的时候又到那家布偶店买了一个蓝色的布偶送给了她，是个男孩子，说那个就是他，又把之前送给她的那个粉布偶挂在了自己的书包上，说这样就能和她片刻也不分离了。

相恋前三年，那个时候她的一年是从9月开始的，到第二年的6月结束，7、8月对于她来说是个盛大的节日，因为只有暑假她能跟他在一起，才是最快乐的。

大三那年的暑假，他带她去北京的小姨家玩，他们去长城，去天坛，玩得很开心，他把她送上开往广州的火车后，她开始渐渐联系不到他，有时不接电话有时匆匆挂掉。

她一边准备毕业一边复习考研，突然有一天他打来电话说，我们还是分开吧，我还会留在英国，你不能出来，还是分开吧。

她哭得很惨，再怎么打电话给他都不接了，她又给他写邮件，每天都写，还是没有反应。这是他第一次提分手，二十岁的她怎么也不愿意放手。

她很绝望，马上放弃了考研，跟家里说要去英国。当时已经11月，准备第二年的出国申请时间特别紧张，她用了一个月时间复习雅思，写材料，寄申请，拿到了几个学校的offer（录取通知书），最后选了一所英格兰北部的学校。

那年9月，Nana只身一人飞往英国，事先没有向他透露任何消息。

住进宿舍第二天，她买了从York（约克）到伦敦的火车票，火车上用借来的手机拨通了他的号码，跟他说自己在一个小时候会到达King’s Cross（国王十字）火车站。他说家里有客人，把地址发给了她。

到了他家楼下，他下楼来接她。她高高兴兴地走进他家，这时，迎面走来一个美女……

当时她的整个后背都凉掉了，幸好只是虚惊一场，那个美女是他好兄弟的女朋友，他们只是打扑克玩到天亮还没走。

就这样他俩什么都没有多说就又在一起了，有时候他来York看她，有时候她去伦敦看他。直到她毕业才搬到伦敦，跟他生活在一起。

在英国找工作很难，他很希望她做金融，因为在英国毕业的学生几乎都是进了金融行业，她出国时间短，英语也不够流利，他比她先找到工作。

虽然他出身富贵家庭，但毕业后他已经不跟家里拿钱，他工作的薪资一般，他们从中心区的大公寓搬到了房租便宜的房子里，还把房间出租出去做二房东。

Nana 回忆说，他们两个窝在不足十平方米跟三户人家共用厨房和洗手间的那段日子特别美好。她复习考资格认证，他每天上班，周末的时候会去印度人开的日料店打牙祭，也会凌晨四点去金丝雀码头的海鲜市场买便宜又新鲜的水产，去宜家坐在样板间里想象未来家的样子。

他们买了一台小小的二手电视，房间小得支起了晾衣架就没有两个人站的地方。他们住的街对面是电影院，国外看电影很便宜，有新电影他们就去看，后来那个电影院好像还上了报纸，因为老鼠泛滥。

冬天的伦敦也是很冷的，有一次家里的热水器坏掉了，整个房子没有暖气，他们穿着衣服躲在三层被子下面，床底下还有老鼠窸窸窣窣的声音，可她还是觉得很幸福，有他在的日子真的很幸福，他跟她说你找到工作了我们去旅行，她说好。她过生日的时候他送了她一张卡片，上面写着“老婆等我有钱了我给你买大钻戒”。

他小时候因为右手拇指上长个小瘤，做过一个小手术，留下了一段疤，她在小时候因为划伤也在右手拇指上有个疤，他们在一起的时候她还说，这是我们前世在一起的时候留下的印记，就是为了这一生找到彼此，很浪漫有没有，女人啊，真是爱幻想的动物。

想起来，这是他们相恋十年来唯一没有分开过的一段岁月。

后来因为签证材料出了一些问题，他没有拿到下一年的签证，其实如果重新提交也可以拿到，可他认为英国人实在太蠢了，无法接受拒签的事实，他想到了回国，Nana 因为一些原因还要在英国待一段时间。

送他去机场的路上，她哭了，其实经历过很多次的机场火车站送别，她都习惯了，只是这次不知道怎么我就哭了，他说别哭，你回国的时候我来英国接你回去。

誓言还在耳畔，承诺的人却已经改变了心意。

他回国后进了家族企业，从一个天天被领导指使的小职员，摇身变成了副总，身边也有了给他打杂的小职员，有了豪车和大房子，再也不用为了节省几镑钱从一个地铁站走到下一个地铁站了，也不用纠结三十镑的皮鞋买还是不买了。

几个月后他没有来英国接她，甚至没有来首都机场接她，在好朋友的帮助下，她在北京租了一间五平方米不到的房子，在北京找工作。

春节前他跟她说，你好好找工作，找到好工作我带你回家见我的爸妈。她在北京进了一家小公司，他又觉得不够体面，没有能够到达去他家见爸妈的标准。

“想想那个时候真是蠢，他明明就是自己嫌弃我，却总是说怕他爸妈不同意。可能我在这段感情里付出了太多沉没成本，不甘心就此放手。”她拿出了当初考雅思的那股劲，总算在帝都找到了一个可以落实户口的工作，他却告诉她，他所在的家族企业在深圳开了分公司，他要去那边帮忙了。

Nana 什么也没说，辞去了手头的工作，追随他的脚步去了深圳。在深圳，她使尽了最后一点力气，终于进入了高大上的金融行业——那是他向往的行业，结果变成了她梦寐以求的。

他们又和好如初。他承诺说今年过年我会带你回家，他们开着车一起在深圳看房子，他还会征求她的意见该如何装修，说在这里打通一道门以后小孩子就能跑来跑去了。

几个月后，北京的分公司人事上有些变化，他要回去代替某个高管了。一周后她在地下车库里看着他开车离开，那是她最后一次见到他，之后他也没回过深圳，也没再提过带她回家。

“你可听过红舞鞋的童话？巫婆给美丽的红舞鞋下了诅咒，每个穿上它的女孩都会不停地跳下去，直到生命的最后一刻。自从爱上他之后，我便如同穿上了这双被诅咒的红舞鞋，为了离他近一点，再近一点，只有宿命般不断努力旋转。”Nana 说，他离开后，她选择留在了深圳，不是因为太累了，走不动了，而是因为她发现，如果爱上一个不够爱你的人，再怎么奔跑，也追不上他的脚步。

过年前，当她中了公司年会的特等奖之后，收到了他的邮件，这次不是惊喜，而是惊吓。他写的是分手邮件，说不想耽误她之类。她一个人在深圳，远远地望着北京，默默接受了这一切。

为了这段感情耗费了整整十年，从伦敦到北京，再从北京到深圳，值得吗？对这一切，她的看法是“生活很神奇，我觉得自己已经很努力很努力了，可是最后还是没能跟他走在一起。有人问我会不会恨他，恨，怎么不恨，不过想想，要不是因为他当时出国，我不想只是一个待在小城市里没见过大城市的女孩配不上他，我也不会拼命学习考到南方繁华的大城市上学；要不是他说我们不能继续，我也不能努力考雅思准备出国留学；要不是他一心向往高大上的行业，我也不会削尖了脑袋挤进这个浮躁的行业，我觉得这就是宿命吧，他在我的人生留下了抹不去的印记”。

跟他分手后她哭不出来，连看最煽情的韩国电影也哭不出来，就是睡不着，时间长了也就好了，直到2012年《那些年，我们一起追的女孩》上映，她几乎从头哭到尾，从电影院哭回了公司，又哭回了家，电影里有一段背景音乐是黄舒骏的《恋爱症候群》，很冷门的一首歌，可这么巧，他高中的时候会打电话弹吉他给她唱，在电影院她一听到就泪崩了。跟她一起看电影的同事们都吓傻了。

出来后她给他打了电话，还是几年前的号码，他说已经有了女朋友，可事实上，共同的朋友说那时他已经领证了。他说这个号码已经不常用了，她问他新的号码，他说算了吧。

她喜欢看美剧，看《欲望都市》，凯莉跟比格在一起十年才结婚，中间经历过很多起起伏伏，跟他分手后的一两年，她还认为这次分手只是他们起起伏伏中的一次，最终还会走到一起吧，直到这次电话后也就不这么想了。很长时间她无法释怀，也有朋友给介绍相亲，可她始终无法让自己接受新的感情。

一次她整理抽屉，发现有两把锁住的密码锁，很大的那种锁头。他爱游泳，以前在英国游泳的时候锁箱子用的，四位密码，她试了几个常用的组合，都没打开，后来她试了自己的生日，两个锁都打开了。

“想想当年他用我的生日设置的密码，至少他心里爱过我，还挺心酸的。走过了二十岁到三十岁这十年，才清醒，其实除了爱情，我们还能追求一些别的什么，只是爱情不圆满有些遗憾。现阶段，我不再奢望完美的感情，我只想做快乐的自己，做坚强的自己。”这是 Nana 在邮件里对我说的最后一句话。

距离她给我发豆邮，时间已经过去了一年多，我亲爱的马甲小姐，你一定早从那段感情里走出来了吧。

谨以此篇小文，遥祝故人夏安。

青春无限好，恋爱要趁早

和很久不见的朋友聚会，深夜里两人像年轻时那样同睡一张床，同盖一张被子，偎在同一个枕头上聊天。聊到酣处，朋友突然长叹一声说：“要说这辈子还有什么遗憾的事，就是遗憾二十来岁的时候没怎么谈过恋爱，真羡慕你啊，至少恋爱谈够了吧。”

我不禁吃了一惊，这个朋友二十来岁时是出了名的高冷，一心扑在赚钱的大业上，对男人正眼都懒得瞧，我谈恋爱谈得发昏的时候，姐们儿很瞧不上眼，觉得与其为了男人要死要活，还不如一个人单身来得自在。这些年来，她奉行单身主义，只顾着拼事业，钱挣了不少，房子也买了多套。就是这样一个高冷姐，年近三十时忽然如梦初醒，赶在三十岁之前急急忙忙把自己嫁了，还是奉子成婚，一年之内就人妻升级为人母。没想到，怀里还抱着个嗷嗷待哺的娃，她居然还惦念着当年没谈过恋爱。

别说是她了，其实我有时也会为此感到遗憾。她还羡慕我恋爱谈够了，其实只不过是多谈了两个男朋友罢了，一生中的情史屈指可数，哪里称得上够。著名痞女洪晃曾经写过一篇雄文，题目叫作《女人一生要睡多少男人算值》，里面替女人们算了笔账：

零＝白活了；

一＝亏；

二到三＝传统；

三到五＝正常；

五到十＝够本；

十到十五＝有点忙；

十五到二十＝有点乱；

二十到三十＝有点累；

三十到五十＝过于开放；

五十以上＝完全瞎掰。

照这个标准来算，很多女人都会暗叹自己亏大了。难怪我那个朋友深夜悲鸣，感叹自己这辈子就睡了一个男人，简直是白活了。

当年洪晃这篇文章一出，如同石破天惊，令众多女性幡然醒悟，决定这辈子至少得做个够本的女人。想不到的是时代变化何其之快，这才短短十几年吧，我们这些小姐姐还在为没谈够恋爱而遗憾，风华正茂的小姑娘们却连恋爱都不想谈了。

有人曾说，恋爱就像出水痘，出过一次就好了，可现在不少年轻人，好像生来就对恋爱具有免疫力。不信你观察下你的朋友圈，中年人都在转发些什么情情爱爱之类的文章，年轻人很少转这些，她们转的文章画风通常都是这样的：

《为什么越来越多的年轻人不想谈恋爱了》；

《现在不努力，将来可是要结婚的哦》；

《不想恋爱与结婚，是我作为穷人的自觉》；

《爱情会辜负你，工作却不会》；

《一个人的精彩，胜过两个人的无奈》；

……

我原以为，一个女孩总得经历过百转千回的情伤，才会对爱情如此心灰意冷吧，可一个95后的姑娘告诉我，她从来都没有谈过恋爱，不是爱累了爱不动了，而是压根对恋爱就没兴趣。

实话说我听了后真的大吃了一惊，少女时代看着亦舒席绢长大的我被熏陶得一副恋爱脑，好想好想谈恋爱是我从十几岁到二十几岁人生的主旋律，我绝对想不到，有朝一日很多姑娘居然集体对恋爱失去了兴趣，莎士比亚不是说过哪个少女不怀春吗，难道他老人家说的至理名言都被打破了？

现在的小姑娘们，真的都没有情感上的需求了吗？对于我的疑问，95后小姑娘耐心地答疑释惑说："情感需求当然有啦，所以我们才喜欢云养汉啊，小姐姐，云养汉你懂吗？我最近云养的就是四字哥哥，每天看着他那张脸就够了，满满都是恋爱的感觉。”

为了交流能够继续下去我赶紧说懂，私底下赶紧打开手机百度了一下，这才弄清楚了什么叫作云养汉。关于“云养汉”，百度百科上的解释是这样的：看影视剧里的帅哥谈恋爱，好像自己也谈恋爱了一样。天天沉迷男色，看腻了就立马换个新剧看，一点都不伤心。

我总算明白了，说起来很新潮的云养汉，其实就是追星嘛，当然我们也追的，只不过那时少女们捧在心尖尖上的不是四字哥哥，而是四大天王（一不小心又暴露年龄了）。我和同桌曾因为刘德华和郭富城谁帅争得面红耳赤，我的梦想是偷渡过去给刘天王当保姆，同桌的志向比较远大，她想做郭富城的发型师，这样就可以亲手为他打理那一头飘逸柔软的四六分秀发了。

即便如此，我们谁也没想过要当他们的女朋友，那可是天王嫂哎，谁敢想！还是现在的小姑娘胆子大，今天宣称易烊千玺是她男朋友，明天又说吴磊是她家的，男朋友天天换，把自己代入女主角的位置，成天享受着恋爱的感觉，还不用费力气。

说起来，杨丽娟可以说是“云养汉”的鼻祖了，云养汉养得走火入魔，真把刘德华当成了她男朋友，倾家荡产都要去香港看他。同样是云养汉，杨丽娟的后继者们可远远没有她这样入戏，她们绝不会像杨丽娟那样为爱痴狂，说到底，选择云养汉，不就是图一个轻松自在吗。

写到这里，我终于明白了，现在的年轻人为什么越来越不想恋爱了，因为他们太怕麻烦太怕费劲了，而恋爱偏偏是一件很麻烦很费劲的事。不怪他们，怪只怪这世界太功利，社会太现实，工作、买房、买车就像三座大山，足以将一个青春蓬勃的年轻人压垮，他们自顾都不暇了，哪里还挤得出时间和心思去谈恋爱？

如今这一代人远远比我们早熟，也比我们理性，恋爱这种东西对于他们来说性价比太低了，爱来爱去最后很可能落得一场空，所以他们宁愿把拿恋爱的时间用来拼事业，至少还能收获到看得见的成果。

我体恤他们的不容易，却同时也为他们感到可惜。可能只有我这样的过来人才知道，青春正好时不谈恋爱是很可惜的，挣钱很重要，恋爱同样也很重要，而且钱这个东西年纪大了还可以挣，恋爱年纪大了还真不好谈。

你要去问问身边的小姐姐们，她们一定会告诉你这个真理——年纪越大就越难恋爱。或许可以说，年纪大了恋爱谈起来都不是年轻时候那个滋味了。一个女人过了三十岁，对感情的考量会越来越现实，也越来越难喜欢上一个人，放眼望去，身边不是身材走样的中年大叔，就是头脑空空的小鲜肉，别说灵魂伴侣了，连找到个能令自己心动的男人都如此之难。

而青春的好处之一，就在于你很容易就对一个人心动，当你还只有十几岁的时候，喜欢上一个人可能单纯就因为那天阳光正好，路过的男孩子刚好穿了件干净的白衬衣。

珍惜这种心动的能力吧，在不久后的将来，你很可能就会把它弄丢。趁还能对人怦然心动的时候，好好地谈一场恋爱吧，如果爱得动多谈几次当然更好。出名未必要趁早，恋爱却最好趁早，太晚谈恋爱的话，可能连快乐也没那么痛快了。

实实在在地谈恋爱，而不是云养某个男明星，相信我，这样虽然麻烦得多，也费劲得多，但你肯定能有不一样的刻骨铭心的感受。没有全心付出过的感情，就像镜中花，水中月，转眼就消逝了，许多年以后，你可能根本不记得喜欢过哪个男明星了，但你一定会记得曾经爱过哪个少年。

至于担心谈恋爱浪费青春，你完全不必有这种顾虑，反正青春不是浪费在这里，就是浪费在那里，要是把青春的每一分钟都用在挣钱上，那也未免太乏味了。何况恋爱不成功也并不等同于浪费，不管结果如何，它都能够丰富你的人生。如果有那么一个人，有那么一段爱情，让你在多年以后，想起来还能会心微笑或者含泪思念的话，这样的青春才不算白费。

别等到青春消逝后，才后悔自己没好好爱一场，那才真的是亏大了。

后　记

写在生日这天：
永远别成为自己讨厌的那种人

女人过了三十岁之后会分为两个极端，一种是对自己的年龄极度敏感，一种是浑然忘了自己的年龄。我就是后面这种，若不是一个朋友说要给我寄生日礼物，我差点忘了我又大了一岁。

我年少时心高气傲，一心只想着出名要趁早，结果到了三十多岁仍然籍籍无名，可见人生往往不尽如人意。

并不如意的人生，到底要怎么走下去呢？以下是我，一个活了三十多岁的女人，站在人生的中途回望人生的一些碎碎念，既是经验也是展望。如果你和我一样，尽管屡战屡败，仍然心存不甘，仍然不想向生活低头，也许你会从中找到一点点借鉴。

❶ 心灵篇

做个对自己诚实的人。得不到的东西，不要假装不想要。不够好的生活，不要安慰自己足够好。永远都要面对现实，哪怕现实残酷。

罗曼·罗兰说过，很多人在二三十岁就死了，只不过八十岁才埋葬，别让自己成为那种二三十岁就死去的年轻人。

三十多岁对于很多人都是个槛，迈过去的，天高地阔，眼前的世界豁然开朗，迈不过去的，就会局限在自己的小世界里，一天比一天故步自封。能否迈过去，取决于你的心态是开放还是封闭。

向前看，永远记得向前看，莫回首前路，莫留恋过往。

接受自己的弱点，明白自己的局限。

三观可以不正，但至少得有清晰的三观，别什么都听他人的，学会独立思考，拒绝人云亦云。

如果你和大多数人的想法不一样，坚持下去，别被他人影响。

希望是种难以克服的习惯，愿你我都继续怀抱热望。

永远都不要成为自己讨厌的那种人。

❷ 事业篇

找到你热爱的事物，越早越好。

在完成应该做的事之后，尽可能地留一点时间给自己喜欢做的事。

让自己成为值钱的人，而不是挣钱的人。

从来就没有钱多事少离家近的工作，如果有，那也是别人的。

生命有限，把精力集中在让你增值的工作上。

不要苛求在事业与家庭中取得绝对的平衡。

别把成功寄托在运气上，让未来的事业慢慢变得可控。

学会理财和投资，如果不会，就老老实实当房奴。

想做一件事不要考虑难或易，而要考虑喜不喜欢，喜欢做的事，再难也要迎难而上。

先承担责任，再追求梦想。

做任何工作都只是出卖你的劳动力，犯不着出卖人格。

不要恐惧失败，只有一种人从不失败，就是从未尝试过的人。

适当存点钱，等到家里有事的时候，你才会发现手头有钱多么重要。

❸ 感情篇

不讨好每份冷漠，不辜负每份热情。

朋友关系是一切关系的基础，和父母做朋友，和爱人做朋友。

任何以依附为基础的关系都不是健康的。

一个女人可以不结婚，也可以不生孩子，只要你想。

谈恋爱不妨大胆点，结婚一定要慎重。

别为不喜欢你的人伤脑筋，这对喜欢你的人不公平。

婚姻里，男人是我们的战友，不是我们的敌人。

我是爱你的，你是自由的，适应于一切关系。

别试图改变任何人，你只能接受，如果接受不了，就离开。

只有真正地接受自己，爱自己，才会接受他人，爱他人。

你可能永远也过不上想过的生活，至少你可以成为想成为的自己。

如果你不想孤独终老，就勇敢地敞开心扉，不要因为害怕受伤而拒绝恋爱，更不要因为分手而用道德来绑架对方。

❹ 生活篇

多吃菜，少吃肉。

每天运动一小时。

不要熬夜。

营造一点仪式感。

天塌下来，先睡一觉。

把自己倒饬得精致点，三十岁以后的容貌得靠自己修炼。（我不是个生活化的人，所以只能总结这么多了。）

❺ 多余的话

零零碎碎写了这么多，希望兄弟姐妹们一起加油，成为更好的自己。特别是姐妹们，一定要记住，母亲、妻子、员工都只是你的社会身份，你最重要的身份是你自己，什么都不能妨碍你成为你自己。